나의 마지막 히어로

Emmanuèle
Bernheim

엠마뉘엘
베르네임

이원희 옮김

나의 마지막 앙오를

Stallone

작가
정신

차례

포…… 파이브…… 식스…… 세븐…… 에잇…… 나인…… 텐…….

클러버 랭이 쓰러져 있다.

심판이 일어선다.

"클러버 랭 KO패. 헤비급 세계 챔피언은 이탈리아 종마 록키 발보아…….."

관객이 박수친다. 리즈는 치지 않는다. 두 손으로 팔걸이를 어쩌나 꽉 잡고 있는지 벨벳에 닿은 손바닥이 따가웠다.

화면이 정지되었다. 미셸이 일어났다. 그는 이미 담배
와 라이터를 꺼내 들었다.

"나가야지?"

⋯⋯Risin'up, back on the street, did my time, took my
chances⋯⋯(일어나 뒷골목으로 돌아가, 많은 시간을 보냈고,
기회를 잡았던 곳으로)

리즈는 대답하지 않았다. 노래를 듣고 있었다.

⋯⋯So many times, it happens too fast, you change your
passion for glory⋯⋯(많은 시간이 너무 빨리 지나가네, 열정
을 영광으로 바꿔)

"나가서 기다릴게."

⋯⋯It's the Eye of the Tiger, it's the thrill of the fight⋯⋯

(그것은 호랑이의 눈, 싸움의 전율과도 같은 것)

　같은 열에 앉았던 관객들이 나가려고 했지만 리즈는 일어나지 않았다. 비켜주지도 않았다. 그들은 다리를 들어 올리고 넘어가야 했다.

　그녀는 움직이지 않았다.

　너무 안이했다. 권투 세계 챔피언이 된 록키 발보아는 되는 대로 살다 나태해진다. 어느 날, 클러버 랭이 뒷골목 출신의 건달 록키 발보아에게 도전한다. 록키는 클러버 랭과 대적하다 챔피언 타이틀을 잃는다. 혹독한 훈련을 재개하고 초심으로 돌아간 록키는 분노를, '호랑이의 눈'을 되찾는다. 그리고 클러버 랭과 싸워 타이틀을 되찾는다.

　리즈는 꼼짝하지 않았다. 영화 자막이 끝났을 때 맨 마지막으로 나왔다.

　미셸은 친구 부부와 얘기하고 있었다. 리즈는 그들에게 다가갔다. 그들은 영화를 평하면서 〈록키1〉, 〈록키2〉가 더 좋다고 말했다.

"당신은?"

리즈는 〈록키1〉도 〈록키2〉도 보지 않았다.

그들은 계속 영화에 대해 얘기했다. 리즈는 말하고 싶지도, 그들이 하는 말을 더 듣고 싶지도 않았다.

"피곤해. 집에 들어갈게."

리즈는 미셸에게 입을 맞추었다.

"내일 봐."

리즈는 지하철역으로 내려갔다. 회전문에 이르렀을 때 머뭇거렸다. 아니, 오늘 저녁은 걷고 싶었다.

……Don't lose your grip on the dreams of the past, you must fight just to keep them alive……(지난날의 꿈을 놓지 마, 그 꿈을 생생히 간직하며 싸워나가야 해)

리즈는 목청껏 노래 부르고 싶었지만 간신히 참고 있었다.

……It's the Eye of the Tiger, it's the thrill of the fight,

Risin' up to the challenge of our rival……(그것은 호랑이의 눈, 싸움의 전율과도 같은 것, 상대의 도전에 맞서 일어나)

그녀는 점점 더 빨리 걷고 있었다.

……And the last known survivor stalks his prey in the night……(마지막 생존자는 밤에 먹이를 쫓지)

그녀는 뛰기 시작했다.

……And he's watchin'us all with in the Eye of the Tiger……(그리고 우리 모두를 쳐다보네, 호랑이의 눈으로)

걸음을 뗄 때마다 허벅지 근육, 종아리 근육이 느껴졌다. 허리, 무릎, 발목의 관절이 각각 작동했고, 보도의 탄성이 발바닥에 전해지는 것 같았다.

언제부터 뛰지 않았지? 마르샬 박사의 병원에서 일하는 시간과 미셸과 보내는 시간 사이에 리즈는 아무것도 하지 않았다.

더는 아무것도.

그녀는 천천히 걷는다.

주위를 둘러봤다. 거리는 텅 비어 있었다. 어두컴컴했다. 날씨가 추웠다. 그녀는 갑자기 서둘러서 집으로 돌아갔다.

빰 빠바밤 빠바밤…….

〈Eye of the Tiger〉의 전주곡이 그녀의 관자놀이를 때리고 목구멍에 이어 가슴을 치다가 온몸에서 울린다. 스탤론이 어찌할 바를 모른다. 스탤론이 샌드백을 친다. 스탤론이 뛴다. 그녀도 어찌할 바를 모르고 샌드백을 치고 그와 함께 뛰는 것 같다. 덥다. 땀이 난다. 조금만 더…….
더는 할 수가 없다. 입이 마르고 목이 탄다.

갈증.

리즈는 머리맡 전등을 켠다. 일어나고 싶은데 그럴 수가 없다. 다리가 말을 듣지 않는다. 온몸이 땀에 푹 젖어 덜덜 떨린다. 열이 난다. 열이 많이 나는 게 틀림없다.

그녀는 전화로 응급 왕진 의사를 불렀다. 빨리 와주면 좋겠는데.

마침내 초인종 소리가 울린다. 그녀는 벽에 기대며 가까스로 현관문 앞에 이른다.

문을 연다.

그 순간, 돌연, 리즈 자신의 모습이 보인다. 두꺼운 회색 코트를 걸친 자신이 왕진 가방을 들고 있다.

귓속이 윙윙거린다. 쓰러진다. 그리고 캄캄해진다.

"큰 병은 아니니까 걱정 마세요. 괜찮아질 겁니다."

아득히 들려오는 부드러운 목소리.

리즈는 눈을 뜬다.

"힘들었을 거예요. 열이 40도가 넘었으니 당연하지요……."

의사가 몸을 숙였다.

"아, 차가워!"

리즈는 소스라치게 놀랐다. 청진기가 너무 차가웠다.

"숨을 크게 들이쉬세요, 한 번 더. 네, 좋습니다. 이제 입을 크게 벌리시고……. 됐습니다. 감기예요. 올겨울 감기는 고약하거든요. 관리 잘하세요."

리즈는 처방전을 작성하는 의사를 관찰했다. 파란색 눈, 금발, 리즈보다 조금 많거나 비슷한 나이, 그녀와 닮은 것 같았다.

시야가 흐려졌다.

눈앞에 하얀 것이 날아와 뺨 위로 사뿐히 내려앉았다.

크리넥스.

그 순간 리즈는 자신이 울고 있음을 알아차렸다.

마르샬 박사는 화가 나 있었다. 임시 비서에게 도움을 청하게 되었기 때문이다. 리즈는 정말로 출근할 수 없는 걸까?

미셀이 집에 들르겠다고 했다. 리즈는 거절했다. 휴식이 필요했다.

전화기 코드를 뽑아버리고 이불 속으로 파고들었다.

리즈는 거의 스물네 시간을 잤다. 잠에서 깨어나보니

열이 많이 내려가 있었다.

목욕을 했다. 머리를 감고 오래 비누칠을 했다.

이제는 아주 깨끗해졌다. 배가 고팠다.

커피와 토스트. 그녀는 아침 식사를 준비했다.

기지개를 켰다. 토스트를 베어 먹고 커피를 한 모금 마셨다. 컨디션이 좋았다. 감기는 나았고, 시간도 여유로웠다.

주말까지 쉬고 다음 주부터 출근할 것이다.

그녀는 토스트를 입 안 가득 물고, 커피잔을 손에 든 채로 동작을 멈추었다.

병원으로 돌아가고 싶지 않았다. 계속 이런 식으로 살 수는 없었다. 모든 걸 놓치고 있었다.

영화 초반의 록키 발보아처럼 그녀는 되는 대로 살면서 죽어가고 있었다.

그녀는 잔을 내려놓고 일어났다. 계속해서 몸을 움직였다.

록키 발보아처럼 일어날 것이다. 모든 것을 다시 시작할 것이다. 스물다섯 살이었다. 지금이야말로 다시없는 기회였다.

다시 훈련을 시작하는 록키 발보아처럼 그녀는 공부를 재개할 것이다.

공부를 더 할 것이다.

의과대학 공부를 다시 시작할 것이다.

그리고 이번에는 공부를 마칠 것이다.

결심이 섰다.

의사가 될 것이다.

일요일, 리즈는 건강을 회복했다. 미셸의 차를 빌려 부모님 집으로 갔다.

가는 길이 멀게 느껴졌다. 평소에는 기차를 타고 가던 길이었다.

문을 열어준 사람은 남동생이었다.

"아빠는 테니스 치러 나가셨고, 엄마는 장 보러 가셨어. 누나에게 열쇠가 있는지 모르겠다며 엄마가 나한테 부탁했어. 누나를 기다리라고. 이제 왔으니까……."

동생이 점퍼를 걸치고 나갔다. 현관문 닫히는 소리.

리즈는 오래전부터 열쇠를 갖고 있지 않았다. 아마 잃어버렸을 것이다. 어쨌든 그녀는 좀처럼 부모님 집을 찾지 않았고, 미리 알리지 않고 불쑥 찾아간 적은 한 번도 없었다.

그녀의 방은 잡동사니를 보관하는 창고가 되어 있었다. 예전에 쓰던 책장을 건드리려면 자전거 세 대를 다른 곳으로 옮겨야 했다.

휴우, 생물학, 해부학, 통계학, 그녀의 책이 온전히 있었다.

그녀는 눈살을 찌푸렸다. 강의 노트들은 어디 있지? 그녀가 노트들을 정리해두었던 선반에는 아버지의 세계 백과사전 전집이 꽂혀 있었다. 대부분 셀로판지 포장을 뜯지도 않은 상태였다.

마침내 바닥에서 노트들을 발견했다. 아버지의 스케이트보드 밑에 뒤죽박죽으로 깔려 있었다. 맨 위의 노트에 바퀴 자국이 나 있었다. 침대 위에는 생수 박스가 쌓여 있었다. 그녀는 그중 한 병을 꺼내 마시기 시작했다.

"여기서 뭐 하니?"

리즈는 소스라치게 놀랐다.

아버지였다. 테니스 복장에 라켓을 겨드랑이에 끼고 있었다.

"필요한 책이 있어서 몇 권 가져가려고요."

아버지가 다가왔다. 얼굴이 벌겋고 머리는 흠뻑 젖어 있었다.

아버지가 팔을 내밀었다. 리즈는 뒷걸음쳤다. 아버지는 생수 한 병을 집어 들고 뚜껑을 열어 입에 가져갔다. 그녀는 물을 들이켜는 리듬에 따라 오르락내리락하는 아버지의 울대뼈를 보고 있었다.

"음, 시원하다."

그렇게 말하고 아버지는 방을 나갔다.

리즈는 현관문 소리에 이어 쇼핑 카트 끄는 소리를 들었다.

어머니가 돌아와 있었다.

그녀는 어머니를 만나러 주방으로 갔다. 모녀는 포옹했다. 어머니는 딸을 보기 위해 몸을 떼었다.

"안색이 좋구나. 건강해 보여."

그렇게 말하고 어머니는 점심을 준비하기 시작했다. 리즈가 도와주려 했지만 어머니는 혼자 하고 싶어 했다.

그사이 아버지는 옷을 갈아입었다. 머리카락은 말랐고, 얼굴의 붉은 기는 좀 가라앉았다.

아버지가 리즈에게 미소를 지어 보였다.

"이 정도면 됐겠지……."

아버지는 딸을 포옹했다. 이어 와인 병에 앉은 먼지를 닦았다. 그리고 펑, 마개를 땄다.

"준비 끝."

그들은 작은 식탁에 둘러앉았다.

각자 접시에 음식을 덜었다.

리즈는 아버지와 어머니를 쳐다봤다. 어머니는 빵을 자르고, 아버지는 잔에 와인을 따르고 있었다.

노릇하고 바삭하게 구워진 빵 껍질, 와인의 빛깔. 구수한 냄새.

아주, 아주 오랜만에 이 주방에서 부모님과 함께하는 점심. 리즈는 처음으로 기분이 좋아졌다.

"의학 공부를 다시 시작하려고요."

갑자기 모든 것이 정지된 것 같았다. 어떤 움직임도 어떤 소리도 나지 않았다. 아무것도.

문득, 정적 속에서 리즈는 아버지가 피식 웃는 소리를 들었다.

그게 다였다. 아버지는 먹기 시작했다.

그녀는 접시를 응시했다. 커다란 노란색 눈알 같은 데빌드 에그* 두 개가 시선을 붙잡았다.

그녀는 의자를 뒤로 빼고 일어났다.

방으로 돌아가 강의 노트와 책을 박스 몇 개에 담아 층계참까지 끌어다 놨다.

현관문이 천천히 닫혔다.

리즈는 자동차 트렁크에 박스들을 실었다. 차에 오르기 전 그녀는 창문 쪽을 쳐다봤다.

가장 힘든 예과 2년 과정을 마친 뒤 생활비를 벌기 위해 학업을 중단하고 집을 떠났었다.

그녀는 운전석에 앉아 집 안 창문마다 쳐놓은 커튼을 잠시 둘러봤다. 커튼이 모두 하얗고 깨끗하다. 그녀의 방이었던 곳의 커튼만 누렇다.

---

* 삶은 달걀을 세로로 잘라 빼낸 노른자에 머스터드, 마요네즈, 파슬리 등을 넣고 잘 섞은 다음 흰자 속에 다시 채워 넣은 전채 요리. 달걀 미모사라고도 한다.

그녀는 운전석에 편안하게 앉았다.

끝났다.

다시는 돌아오지 않을 것이다.

그녀는 시동을 걸었다.

미셸이 차를 가지러 그녀의 집에 왔다.

"같이 살면 번거롭지 않을 텐데."

미셸은 몇 달 전부터 같이 살자고 했다. 그녀는 계속 머뭇거리면서 못 들은 체했다.

둘은 저녁을 먹으러 나갔다가 그녀의 집으로 돌아왔다.

미셸이 잠들었을 때 리즈는 일어나 조용히 방을 나갔다. 그녀는 다른 방에 들어가 불을 켜고 박스에서 손에 잡히는 대로 책 몇 권을 꺼내 훑어봤다.

5년 사이에 다 잊어버렸다.

앞으로는 절대로 그런 일이 없을 것이다.

그녀는 다시 침대에 누웠다. 미셸이 잠결에 그녀의 몸에 달라붙었다.

왜 미셸과 같이 살지 않고, 마르샬 박사의 병원에서 계속 일하는 걸까?

　다음 날, 리즈는 병원 사무실에 출근했다. 그녀가 결근한 사이 실험실에서 보내온 표본 결과를 타이프라이터로 기록했고, 마르샬 박사에게 사인을 받은 다음 우편으로 발송하기 위해 병원을 나왔다.

　늘 그랬듯 그녀는 진열창을 쳐다봤다. 보석상, 약국, 구두 가게, 레코드점……

　진열창 안에서 대번에 스텔론의 얼굴을 발견했다.

　그녀는 레코드점으로 들어가 새로 나온 LP판 진열대 쪽으로 갔다. 〈Eye of the Tiger〉. 〈록키3〉의 오리지널 사운드트랙. 45회전 아날로그 레코드. 그녀는 LP판 한 장을 사서 가방에 넣었다.

　날씨가 좋았다. 그녀는 서두르지 않고 걸었다. 가방을 꼭 끌어안고 겨울 햇살을 만끽했다. 그러다 우편물 발송을 잊었다는 걸 알아차렸다.

　걸음을 재촉했다.

　마르샬 박사가 왜 이리 늦었냐고 잔소리를 하면서 전

화 받는 일을 시켰다.

리즈는 두툼한 예약 노트를 들여다보며 임시 비서가 기록한 이름 철자를 수정했다. 그리고 페이지를 넘기고 또 넘겼다. 2월, 3월, 4월, 5월, 6월, 7월……. 늘 그랬듯 마르샬 박사는 올여름 휴가도 7월 14일부터 시작할 것이다. 그녀는 그때 병원을 그만둘 것이다.

결심이 섰다.

우선, 이사부터 해야 하리라. 학생 신분에 방 두 개짜리 아파트 집세를 감당하기는 어려울 것이다.

그녀는 화요일과 목요일의 부동산 광고를 읽기 시작했다.

지하철 노선이 의과대학과 연결되는 곳이면 어느 구역이든 상관없었다. 높은 층에 있는 방만 추렸다. 햇빛이 잘 들면 전기세를 절약할 수 있기 때문이다.

토요일마다 방을 보러 다닐 것이다.

마침내 대학교에서 지하철역 열 개가 떨어진 곳에 위치한 아주 밝은 스튜디오를 찾았다.

그녀의 비서 급여 명세서가 임대인에게 좋은 인상을
주었다.

월말부터는 언제든 이사해도 된다.

이제 이 모든 결정을 미셸에게 알리는 일만 남았다.

그는 틀림없이 이해해줄 것이다.

미셸은 자기 집에서 같이 살면 되는데 협소한 스튜디
오로 이사하는 것도, 공부를 위해 여름휴가를 포기하는
것도 이해하지 못했다.

그리고 도대체 왜 그토록 오랜 시간이 걸리는 공부를
다시 시작하겠다는 건지, 정말 엉뚱하다면서 이해하지
못했다. 자기가 아는 리즈는 인내심이 없기 때문에 결코
공부를 마치지 못하고 이번에도 중도에 포기할 거라고.

그녀는 미셸과 헤어졌다.

그녀는 소형 트럭을 빌렸고, 사촌 니콜라가 이사를 도
와주었다.

이사가 끝난 후 니콜라는 리즈의 이사와 자신의 로펌

입사를 축하하자며 리즈를 레스토랑으로 데려갔다.

둘은 술을 많이 마셨다.

리즈는 사촌을 지하철역까지 바래다주고 혼자 계속 걸었다. 날씨가 포근했다. 며칠 지나면 봄이 올 것이다.

그녀는 한 카페의 테라스에 앉았다. 토요일 저녁이라 손님이 많았다. 그녀는 코냑 한 잔을 주문했고, 한 모금을 삼키고 나서 눈을 감았다.

이렇게 행복했던 적은 한 번도 없었다.

그녀는 눈을 떴다. 그리고 미소 지었다. 찻길 건너편에 모리스 광고판*이 천천히 돌아가고 있었다. 〈람보〉 포스터였다.

〈람보〉를 보러 갈 것이다.

그녀는 술잔을 단숨에 비웠다.

이제부터는 스탤론이 출연하는 모든 영화를 보러 다닐 것이다.

전부 다. 한 작품도 빠뜨리지 않을 것이다. 그녀는 오늘 맹세를 한다.

앞으로는 텔레비전에서 방송하길 기다리지 않을 것이

---

* 3미터 높이의 둥근 원통이 천천히 돌아가면서 겉면에 부착된 광고를 보여주는 방식.

나의 마지막 히어로

다. 영화관에 가서 표를 사서 볼 것이다.

꼭 그래야만 한다. 스탤론 덕분에 그녀의 인생이 달라질 것이기 때문이다.

리즈는 일어났다. 서둘러서 집으로 돌아갔다.

그녀는 스튜디오의 현관문 열쇠를 쥔 손에 힘을 모아 주먹을 불끈 쥐었다.

그래, 인생이 달라질 것이다.

처음에는 힘들었다. 학생 중에 리즈가 가장 나이가 많았다.

학생들은 존댓말을 했고, 심지어 '마담'이라고 부르기도 했다. 그리고 빈자리가 없을 때만 마지못해 리즈의 옆자리에 와서 앉았다.

리즈는 작은 호텔의 야간 근무 일을 구했다.

안내 데스크에서 틈틈이 공부하고, 바로 옆에 있는 좁은 숙직실에서 몇 시간 눈을 붙일 수 있었다. 방해받을 때도 있지만 자주는 아니었다.

아침마다 학교에 가기 전 집에 들러 샤워하고 옷을 갈아입었다. 정말 열심히 공부했다.

외롭거나 의욕이 없을 때는 〈Eye of the Tiger〉 LP판을 턴테이블에 걸었다. 노래를 들으면 기분이 한결 좋아졌다.

마침내, 리즈에게 친구 두 명이 생겼다. 클레르와 마리. 수업이 끝나면 두 친구와 자주 어울렸다. 방이 두 개인 마리의 집에서 함께 공부했다.

5년 동안 셋은 늘 붙어 다녔다. 그러다 마리가 베르나르를 만나면서 자주 만나지 못했다.

그 후 클레르가 한 인턴과 동거를 시작했고, 더는 만나지 않았다.

셋은 병원에서 이따금 마주쳤다. 그게 다였다.

리즈는 더 열심히 공부했다. 심장병학, 산과학, 혈액학, 일반의학. 그녀는 실습에 실습을 거듭해 임상 경험을 쌓아나갔고 당직까지 섰다.

나의 마지막 히어로

리즈는 인턴들의 눈에 거슬렸다. 인턴 대부분이 그녀보다 나이가 어린 탓에 환자들은 나이 많은 그녀를 늘 '의사 선생님'이라 부르며 상담했던 것이다.

어느 날 저녁, 그녀는 평소보다 일찍 퇴근했다. 피곤했다. 집에 도착하자마자 뜨거운 물로 샤워를 했다.

양치질하는 사이 세면대 위 거울에 뿌옇게 서린 김이 사라졌다.

거울에 비친 얼굴을 봤다.

아니, 그녀의 얼굴이 아니었다.

손바닥으로 거울을 문질렀다. 윤기를 잃은 얼굴, 보기 흉한 머리, 그녀라고 할 수 없었다.

거울을 보지 않은 지 얼마나 된 걸까?

그녀는 서랍을 뒤져서 빨간색 립스틱과 블러셔를 찾았다. 립스틱은 산패했고, 블러셔는 조각나 있었다. 휴지통에 던져버렸다.

옷장을 열었다. 옷을 사지 않은 지 몇 년이 되었다. 언제 입겠다고 옷을 사겠는가? 병원에서는 흰 가운을 입었고, 저녁에는 당직을 서거나 퇴근 후 집에서 공부를 했다.

공부, 공부. 6년 동안 그녀는 공부 외에 다른 일은 전혀 하지 않았다.

아니, 영화관에는 갔다. 딱 여섯 번.

〈스테잉 얼라이브〉, 〈람보2〉, 〈록키4〉, 〈코브라〉, 〈오버 더 톱〉, 〈람보3〉. 실베스터 스탤론이 주연으로 나오는 모든 영화를 봤다.

스탤론.

그녀는 턴테이블에 LP판을 올려놨다.

Risin' up, back on the street, did my time, took my chances⋯⋯.

⋯⋯So many times, it happens too fast, you change your passion for glory⋯⋯.

그녀는 옷을 갈아입었다. 그리고 밖으로 나갔다.

상점들이 문을 닫기 직전 영양 크림을 비롯해 화장품 몇 개를 샀다.

어둑어둑해졌다. 집으로 들어가고 싶지 않았다. 산책을 했다.

한 건물의 간판에서 깜박이는 네온사인이 눈에 들어왔다. 스포츠클럽이었다.

운동을 안 한 지 얼마나 됐지?

그녀는 스포츠클럽의 문을 밀고 들어갔다.

몇 걸음 가다 멈춰 섰다.

근사했다. 널찍한 체육관 천장에 빨간색의 대형 샌드백 수십 개가 매달려 있었다.

그녀는 다가갔다.

실은 빨간 샌드백은 딱 하나인데 벽을 덮은 전면 거울에 금이 간 탓에 여러 개로 비친 것이었다.

"뭘 찾으시나요?"

고개를 돌려보니 운동복 차림의 나이 든 남자가 서 있었다.

그녀는 미소를 지어 보였다.

"권투를 배우고 싶어서요."

여자는 리즈 혼자였다. 그녀가 남자들을 방해하고 있었다.

리즈는 늘 남자들보다 먼저 하나밖에 없는 탈의실에서 혼자 옷을 갈아입었다. 남자들은 문밖에서 기다렸다. 남자들이 숙덕거리며 가끔 낄낄거리는 소리가 들렸다.

그들은 여자와 대결하지 않으려고 했다. 초보인 여자와 치고받는 것이 내키지 않았던 것이다.

사범이 한마디 하자 남자들은 마지못해 차례로 그녀를 파트너로 받아들였다.

몇몇은 거칠었다. 특히 수염을 기른 뚱보는 왼쪽 가슴에 강편치를 날렸다. 하지만 리즈는 버텨냈다. 그녀는 실력이 늘어갔고, 이내 공격을 막을 수 있었다.

남자들이 차츰 그녀를 받아들이는 것 같았다.

리즈는 옷을 사고 머리를 잘랐다.

류머티즘학 인턴이 그녀를 저녁 식사에 초대했다. 날씨가 더웠다. 리즈는 재킷을 벗고 맨팔을 드러냈다. 인턴이 피멍울 두 개를 알아봤다.

"나, 권투 해요."

인턴이 권투는 여자를 위한 운동이 아니라며, 가령 가슴에 혈종이 생기면 종양이 될 수 있다고 연설했다. 그녀는 어깨를 으쓱했다.

인턴은 더 이상 리즈에게 같이 식사하자고 말하지 않았다.

어느 날 저녁, 리즈는 탈의실에 들어가다 관장과 이야기하는 한 남자를 발견했다.

금발에 키가 크고 건장해 보였다. 유도 사범이 틀림없었다. 아마 검은 띠 유단자일 것이다. 리즈는 도복 입은 남자의 모습을 상상했다.

남자가 그녀를 향해 천천히 돌아서며 미소를 지어 보였다.

파란 눈이었다. 이번에는 그녀가 미소를 지어 보였다.

그리고 탈의실로 들어갔다.

탈의실 문이 닫히는 동안 웃음소리가 나는 것 같았다.

갑자기, 그녀는 손을 입에 가져갔다. 마우스피스. 마우스피스를 낀 채로 남자에게 미소를 지었던 것이다.

지금, 남자는 리즈의 모습에 웃음이 터진 것이었다. 하긴 땀에 젖은 추리닝 차림에 마우스피스를 끼고 미소를 지었으니 얼마나 우스꽝스러웠을까.

그녀는 샤워하고 옷을 갈아입고(멍을 가리기 위해 긴소매를 입고 있었다) 머리를 빗었다.

밖에서는 늘 그렇듯 남자들이 조바심을 내며 기다리고 있었다.

리즈는 아랑곳하지 않았다. 오늘은 여유를 부렸다.

화장까지 했다. 정성을 들여서.

누군가가 문을 쾅쾅 두드렸다.

그녀는 이런 남자들이 지긋지긋했다.

"열 셀 때까지 안 나오면 문을 때려 부수든지 해야지……."

권투가 지긋지긋했다.

"하나…… 둘…… 셋……."

그녀는 글러브, 마우스피스, 낡은 추리닝을 가방에 쑤셔 넣었다. 다 내다 버릴 것이다.

"넷…… 다섯…… 여섯……."

이제 다시는 여기 오지 않을 것이다.

"일곱…… 여덟……."

끝이야.

"아홉…… 그럼……."

그녀는 문을 열었고, 남자들이 탈의실로 몰려들었다.

체육관이 텅 비었다.

리즈는 잠시 꼼짝하지 않았다.

이윽고, 그녀는 마지못해 출구로 향했다.

의자 끄는 소리, 문 열리는 소리, 목소리. 등 뒤에서 바닥이 삐걱거렸다.

리즈는 멈춰 섰다.

들어본 적이 없는데도 그녀는 누구의 발소리인지 알 수 있었다.

그녀는 화장을 하고 머리를 매만진 상태였다. 이번에는 남자가 웃지 않을 것이다.

그녀는 돌아보았다.

둘은 서로를 쳐다보았다.

그리고 남자가 웃기 시작했을 때 그 웃음소리가 사방으로 울려 퍼졌다. 체육관으로, 탈의실로, 사무실로, 틀림없이 더 멀리까지.

남자의 이름은 장이었다.

그는 유도를 해본 적이 없었고, 심지어 모든 격투기를 싫어했다.

그는 금이 간 거울을 갈아 끼우려고 체육관에 온 것이다. 그는 거울 제조업자였다.

잘 웃는 남자였다.

둘은 매일 저녁 만나 함께 밤을 보냈다. 리즈가 당직일 때만 제외하고.

그녀는 점점 일을 줄였다. 장을 만날 생각만 했다.

둘은 몇 시간씩 걸었다. 장은 리즈의 어깨에 팔을 둘렀다. 그녀는 바짝 붙어서 걸었다. 그녀는 기분이 좋았다. 위험할 게 전혀 없었다.

저녁마다, 장은 그녀를 데리고 나가 밥을 먹었다.

조각이 된 거울, 기포가 있는 유리, 비스듬히 자른 거울, 레스토랑의 거울 대부분은 장의 작품인 것 같았다. 장은 많은 사람을 알았고, 모두 그를 좋아했다.

저녁을 먹은 뒤에는 장의 집이나 리즈의 집으로 갔다.

장은 그녀를 꼭 끌어안았다. 그는 정말 거구였다. 리즈는 높은 위치에 있는 그의 입술에 닿으려고 목을 길게 빼고 고개를 들었다.

리즈는 장에게 몸을 붙이고 입술을 맞댄 채 침대를 향해 뒷걸음쳤다. 조금 더, 조금 더.

침대에 이르렀다.

그녀는 그를 끌어당기면서 그대로 넘어지려고 했다. 장은 버티고 있었다. 그녀를 깔아뭉개고 싶지 않은 것이다. 하지만 그녀가 이끌었다. 그는 항복했다. 큰 키와 체중을 실으며 넘어졌고, 그녀는 그의 몸 아래에 깔렸다.

리즈는 장의 집보다 그녀의 집에서 자는 것이 좋았다.

장의 넓은 침대에서는 두 몸이 너무 멀리 떨어졌다. 하지만 리즈의 좁은 침대에서는 두 몸이 계속 스쳤다.

이윽고 여름이 되었다.

리즈는 브르타뉴에 있는 병원에서 첫 번째 대리 의사 근무를 하기로 오래전에 계획해놓았다.

장이 동행했다.

그가 운전을 했다. 리즈는 아무 말도 하지 않고 창밖을 보고 있었다. 여행을 못 한 지 6년이 넘었다.

호텔에 도착하자마자 그녀는 수영복으로 갈아입고 해변으로 나갔다.

해변에서 장과 합류했다.

둘은 오랫동안 나란히 수영을 했다.

그 다음다음 날, 리즈는 첫 환자를 받았다.

부비강염 환자.

리즈는 처방전을 쓰기 위해, 자신이 대리하고 있는 의사의 이름에 가로줄을 긋고 그 자리에 자신의 이름을 적었다.

코르탕실, 오구멘틴, 데튀르질론. 첫 번째 처방전을 작성했다.

이어서 첫 번째 진료 확인서를 기재했다.

그리고 첫 진료비를 받았다.

그녀는 그 지역에서 가장 근사한 레스토랑에 장을 데려가서 저녁을 샀다.

장이 식사를 하는 중에 갑각류용 집게를 내려놓더니 요리가 절반이나 남은 접시를 밀어놨다.

리즈는 눈살을 찌푸렸다.

"맛이 없어요?"

"아니, 그게 아니라……."

장이 손가락 씻는 물에 띄운 레몬 조각을 두 손바닥으로 눌러 아래위, 위아래로 즙이 흘러내리게 했다. 한 번 더.

마침내, 그는 손을 닦고 일어나 리즈를 응시했다.

"나와 결혼해주겠소?"

그녀는 와락 울음을 터뜨렸다.

그는 웃음을 터뜨렸다.

리즈는 의과대학 과정이 완전히 끝나는 1년 뒤에 결혼하고 싶었다.

장은 받아들였다. 하지만 휴가에서 돌아가는 즉시 그녀가 자기 집에 들어와서 살기를 바랐다.

오케이.

이사는 빠르게 진행되었다.

리즈는 짐이 많지 않았다. 그녀의 물건들이 장의 집 안에서 자리를 잡았다.

하지만 낡은 전축과 LP판들이 담긴 커다란 박스는 거실 한가운데에 놓였다.

그녀는 장과 함께 박스를 지하실에 내려놨다.

〈Eye of the Tiger〉는 카세트테이프로 들을 것이다. 리즈는 카세트테이프와 워크맨을 사서 책상 첫 번째 서랍에 넣고 열쇠로 잠갔다.

리즈는 온종일 병원에서 일하면서 틈틈이 논문을 썼

고, 나머지 시간은 장과 보냈다.

둘은 일할 때를 제외하고는 한 번도 떨어지지 않았다.

그녀는 〈탈옥〉을 보러 갈 때 장에게 논문 지도 교수와 약속이 있다는 핑계를 대야 했다.

그녀는 처음으로 장에게 거짓말을 했다.

몇 달 후 〈탱고와 캐쉬〉를 보러 갈 때도 거짓말을 했다.

논문 심사를 앞두고 리즈는 간밤에 잠을 이루지 못했다. 아침에 구토가 일었다. 장이 학교까지 바래다주었다. 그는 곁에 있겠다고 주장했다. 그녀는 혼자 있는 게 낫다며 거절했다. 장의 자동차가 멀어져가다 사라졌다.

리즈는 대강당으로 들어갔다.

대강당에서 나왔을 때 그녀는 의사가 되어 있었다.

7년이 흘렀지만 마르샬 박사는 그대로였다.

리즈를 다시 만나 반가워하는 것 같았다. 그는 의사가 된 걸 축하해주며 리즈를 '친애하는 동료'라고 불렀다.

그녀는 옷을 벗고 진찰대에 누워 발받침에 두 발을 올

렸다.

마르샬 박사가 진찰했다.

그리고 또 한 번 축하해주었다.

그녀는 임신이었다.

이번에는 장이 웃지 않았다. 그는 리즈를 꼭 안아주었
다. 오랫동안.

그들은 7월에 결혼식을 올렸다.

리즈는 임신 8개월 때 〈록키5〉를 보러 갔다.

영화가 끝나자 그녀는 천천히 영화관을 나섰다.

12월이었고 날씨가 추웠다. 그녀는 빨리 집으로 가기
위해 서둘렀다.

택시를 탔다.

그녀는 뒷좌석에서 몸을 웅크리고 코트 자락으로 불룩
한 배를 감쌌다.

록키 시리즈의 마지막 영화였다. 〈록키6〉는 나오지 않을 것이다.

이것으로 끝이었다.

리즈는 목이 메었다. 울고 싶었다.

그녀가 이렇게 감성적으로 변한 것은 임신 때문임이
틀림없었다.

***

아들이었다. 그들은 토마스라고 이름 지었다.

아들을 안고 있을 때 장의 모습은 더 늠름하고 몸집이
커 보였다.

리즈의 부모는 니콜라를 통해 손자가 태어났다는 소식
을 들었다. 장이 부모님을 만나고 싶어 해서 리즈는 부모
님을 집으로 초대했다.

부모님이 도착했을 때 토마스는 잠들어 있었다. 부모님은 허리를 숙이고 요람을 들여다봤다. 리즈의 아버지가 재채기를 크게 했다. 장이 곧바로 장인을 뒤로 잡아끌었다. 리즈의 어머니는 잠시 손자를 살펴보다 속상한 얼굴로 허리를 폈다. 아기가 어찌나 튼튼한지 준비해 온 배내옷이 너무 작아 보였다.

저녁을 먹는 동안에 어색한 침묵이 길게 흘렀다. 때마침 잠을 깬 토마스가 울었고, 리즈는 안도의 숨을 내쉬었다.

그들은 코르시카에서 여름을 보냈다.

장은 바다에 몸을 띄우고 토마스를 자기 배 위에 앉혔다. 멀리서 보면 마치 하나의 섬 같았다.

세 가족은 행복했다.

8월 말, 리즈는 두 번째 대리 의사 근무를 시작했다.

햇빛 알레르기, 중이염, 장내 기생충 질환, 곪은 상처. 휴가를 떠났던 사람들이 돌아와 병원으로 달려오는 것 같았다.

〈오스카〉를 보러 가야 하는데, 두 시간을 어떻게 빼지?

그녀는 예약 수첩을 살폈다.

모레, 일찍 끝내려고 노력할 것이다.

장과 베이비시터에게 알릴 것이다.

늘 그랬듯 왕진을 가야 한다고 둘러댈 터였다.

리즈는 영화를 못 보게 될 거라고 확신했다.

환자 중 한 명이 늦게 오는 바람에 예약 시간이 줄줄이 늦춰졌다. 그녀는 진찰할 때마다 시간을 단축해서 만회해야 했다.

환자가 한 명 남았다. 일을 다시 시작한다는 생각에 일어난 불안 증세, 심각하지 않은 상태였다. 진료할 필요가 없는 환자였다. 렉소밀 4분의 1 필수 복용. 1일 1정 이상 금지. 처방전과 의료보험 용지.

서둘러야 해.

리즈는 지하철역 층계를 뛰어 내려가 아슬아슬하게 열차에 올라탔다. 늦을 것이다. 매진이라 영화관에 들어가지 못할 것이다.

날씨가 몹시 더웠다. 땀이 줄줄 흐르고 있었다. 그래도 뛰었다.

드디어 영화관에 도착했다. 영화가 방금 시작되었다.

그녀는 스크린에서 그리 멀지 않은 좌석에 앉았고, 앞 좌석 등받이에 재킷을 걸쳐놓았다.

양쪽 옆 좌석이 비어 있어 그녀는 두 다리를 펴기 위해 몸을 약간 틀었다.

에어컨이 작동하고 있었다. 쾌적했다.

리즈는 잠시 눈을 감았다.

영화관이 아주 조용했다. 영화에서 나는 소리만 들렸다. 과자 봉지 부스럭거리는 소리도, 기침 소리도, 웃음소리도, 다리를 꼬았다 펴는 소리조차 나지 않았다. 아무 소리도 나지 않았다.

리즈는 벌떡 일어섰다. 그리고 주위를 둘러보았다. 그녀가 앉은 열에는 관객이 한 명도 없었다. 앞 열도 마찬가지였다.

그녀는 돌아보았다.

나의 마지막 히어로

몇몇의 실루엣이 있을 뿐, 관객이 별로 없었다.

영화관은 거의 비어 있었다.

리즈는 잠이 오지 않았다.

그녀는 텅 빈 영화관을 떠올리고 있었다. 스탤론을 생각했다. 영화가 흥행에 실패하면 스탤론은 어떻게 되는 거지?

이따금 신문을 통해 1950년대, 1960년대, 심지어는 1970년대 명배우들이 사망했다는 소식을 접한다. 사람들에게서 잊히거나 버려지고 파산한 배우 대부분이 악취가 난다는 이웃의 신고로, 비참한 숙소 맨바닥에 누워 부패된 시신으로 발견되었다.

장이 잠결에 움직였다. 리즈는 잠시 남편의 고른 숨소리에 귀를 기울였다.

그녀의 남편. 남편을 만난 것은 스탤론 덕분이었다. 가정을 갖게 된 것은 스탤론 덕분이었다. 의사가 된 것도 스탤론 덕분이었다.

1983년 1월의 어느 날 저녁 〈록키3〉를 보지 않았다면 그녀의 인생은 지금쯤 어떻게 되었을까? 그녀는 이불을 젖히고 조용히 침실을 나왔다.

그녀는 거실 소파침대에 앉았다. 곰곰이 생각할 필요가 있었다.

그녀는 곧바로 뭘 해야 하는지 깨달았다.

그래, 그거야. 찾았다.

그녀는 일어났다. 다시 앉았다. 또 일어났다.

빨리 내일이 오길 기다리는 마음에 가만히 있을 수가 없었다.

리즈는 은행 앞을 서성이며 개점을 기다렸다.

마침내 셔터가 오르고, 그녀는 은행 안으로 들어갔다.

그녀의 담당 은행원이 회의가 있다며 미안해했다. 약속 시간을 잡고 편안하게 상담하면 안 될까요? 리즈는 고개를 흔들었다. 급한 일이었다. 서둘러야 한다.

그녀는 단지 계좌를 하나 더 개설하려는 것이었다.

은행원이 리즈에게 앉으라고 하고 컴퓨터 키보드를 쳤다. 드르륵, 프린터가 작동하기 시작했다.

나의 마지막 히어로

계좌를 하나 더 만들어서 예금하시려는 거죠?

네.

그녀는 서류 여러 장에 서명했다.

이제 됐다.

이제부터, 그녀는 버는 돈의 10퍼센트를 이 계좌에 입금할 것이다.

이 돈은 스탤론을 위한 것이다. 불행히도 스탤론이 가난에 쪼들리게 될 경우를 대비하여.

그녀는 절대로 스탤론을 저버리지 않을 것이다.

하지만 그녀가 스탤론보다 먼저 세상을 떠난다면?

이날 저녁, 리즈는 퇴근하기 전에 짧은 편지 한 장을 썼다.

그녀는 이 계좌의 전액을 실베스터 스탤론에게 유증한다고 쓴 유언에 서명했다.

그녀는 봉투를 봉인했다.

내가 죽은 다음에만 개봉할 것.

그리고 니콜라에게 전화를 걸었다. 사촌은 아직 로펌 사무실에 있었다.

그녀는 니콜라에게 봉투를 맡겼고, 니콜라가 봉투를 금고 안에 잘 넣어두는 걸 확인한 뒤에 사무실을 나섰다.

리즈는 동료 의사 셋과 함께 공동으로 병원을 개원했다.

처음에는 힘들었다. 그녀는 환자가 별로 없었다. 하지만 환자를 성심껏 대했고, 오래 진찰했다. 그리고 거동이 불편한 환자일 경우엔 기꺼이 집으로 왕진을 갔다. 직접 전화를 받아 상담해주었고, 쉽게 만날 수 있게 배려했다. 그녀는 환자들을 안심시켰다.

그녀의 이름이 그 동네에 이어 다른 동네까지 알려졌다. 그리고 차츰 그녀를 찾는 환자가 늘었다.

토마스는 무럭무럭 자라고 있었다. 사방을 뛰어다녔다.

그들은 시골에 아담한 별장을 구했다.

리즈의 진료가 끝나면 토요일 정오에 별장으로 떠났다가 일요일 저녁 집으로 돌아왔다.

아침부터 오후까지 병원에서 일하고, 토마스와 놀아주고 밤에는 장과 시간을 보내고, 주말에는 별장에 가는 바쁜 생활에도 불구하고 리즈는 짬을 내서 〈엄마는 해결사〉를 보러 갔다.

이번에도 영화관은 거의 비어 있었다.

두 작품 연속으로 흥행에 실패한 셈이다.

리즈는 미소 짓는다. 방금 은행에서 예금 명세서를 받았다. 그녀의 두 번째 계좌는 계속 불어나고 있었다.

리즈는 개인 병원을 열었다.

크지는 않지만 장이 벽면을 온통 거울로 장식해준 덕분에 널찍하고 밝은 느낌이 났다.

첫날 진료를 끝낸 뒤에 리즈는 새로 들여온 미니 컴포넌트를 켰고, 그녀가 가진 유일한 CD, 록키 시리즈 OST 전집의 셀로판지를 벗겼다.

그녀는 곧바로 〈Eye of the Tiger〉를 선택했다.

그녀는 안락의자에 편안하게 앉았다. 리모컨 덕분에 원하는 만큼 노래를 다시 들을 수 있다.

그녀는 눈을 감았다. 기분이 좋았다.

그녀는 또 임신했다.

그들은 둘째 아들 앙투안을 얻었다.

리즈는 퇴근하는 길에 〈클리프행어〉가 개봉되었음을
알았다.

젖을 먹여야 하는데 영화를 보러 가려면 어떻게 한다?

영화를 보러 가지 않으면? 어쨌든 그녀는 〈록키3〉 이
후의 스탤론 영화 열두 편을 모두 관람했다.

한 편쯤 안 볼 수도 있었다.

이번에는 시간을 내기가 쉽지 않았다. 그녀는 영화를
보러 가지 않을 것이다.

앙투안이 새벽 2시쯤 깼다. 그녀가 젖을 먹이는 사이
장이 옆에 와서 앉았다. 토마스도 졸음이 가득한 얼굴로
따라왔다.

아파트는 고요했다. 앙투안이 젖 빠는 소리만 들렸다.

리즈는 눈물이 글썽해졌다.

한밤중, 지금 이 순간만큼 행복했던 적은 한 번도 없었다. 남편, 그녀의 몸에 찰싹 달라붙은 아들, 품에 안긴 앙투안의 단단하면서 가볍고 따뜻한 몸.

다음 날, 그녀는 앙투안을 포근하게 감싸 안고 영화관에 갔다. 그녀는 〈클리프행어〉를 보기 위해 길게 서 있는 줄에 합류했다.

이번 영화는 분명히 성공이었다.

앙투안이 울기 시작했다. 사람들이 돌아봤다. 사람들은 영화관에 아기를 데려오지 않는다. 리즈는 모르는 척했다.

그녀는 마침내 매표 창구에 이르렀고, 표를 샀다.

그리고 돌아섰다.

그녀는 약속을 지켰다. 표를 산 것으로 됐다. 그녀는 안도의 숨을 내쉬었다.

영화는 나중에 텔레비전으로 볼 것이다.

"당신 왜 계좌를 하나 더 개설했지?"

리즈는 양치질을 하고 있었다. 장은 침실에 있었다. 그녀는 자신이 제대로 들었는지 확신할 수 없었다. 그녀는 장에게 다시 질문하게 했다.

"왜 계좌를 하나 더 개설했냐고?"

그녀는 칫솔을 내려놓고 치약을 뱉고 입 안을 헹궜다. 출산을 위해 병원에 입원했을 때 장에게 우편물을 챙겨 달라고 부탁했었다. 그때 알게 된 것이다.

그녀는 욕실을 나갔다. 장은 누워 있었다. 안경을 코에 걸고 신문을 읽고 있었다.

그녀는 침대에 앉아 전부 다 얘기했다.

〈록키3〉를 보고 공부를 다시 시작하기로 결심했고 그녀의 인생이 바뀌었다고 말했다. 스탤론에게 빚을 졌다며 그가 출연한 모든 영화—현재까지 열세 작품—를 보기로 한 맹세, 언젠가 스탤론에게 돈이 필요할 경우를 위해 계좌를 개설했다는 것까지 설명했다.

리즈는 다 얘기하고 입을 다물었다. 이제 장이 모든 것을 알게 되었다.

그녀는 남편을 쳐다봤다.

장은 잠시 아무 말도 하지 않았다. 그리고 얼굴이 뻘게졌다.

갑자기 그가 두 손에 얼굴을 묻었다.

리즈는 일어나서 그에게 다가갔다.

그 순간 뭔가가 폭발하는 듯한 소리가 났다. 장의 두 손이 얼굴에서 떨어졌다.

그가 웃고 있었다.

그녀는 그런 웃음소리를 한 번도 들어본 적이 없었다.

그는 차츰 호흡을 가다듬었다. 리즈가 이런 일을 꾸미고 있을 줄은 생각도 못 했다. 스탤론. 어떻게 그런 생각을! 시치미를 뚝 떼고서. 그는 한순간도 아내가 성실하지 않은 적이 없다고 생각했었다.

스탤론을 도와주기 위한 저금이라니!

그는 리즈를 끌어안은 채 침대 위로 쓰러뜨렸다. 그녀를 많이 사랑하고 있었다. 그녀가 벗어나려고 했다. 그는 그녀를 으스러뜨리듯 압박했다. 그녀는 숨이 막혔다.

리즈는 열심히 일했다. 그녀의 병원은 나날이 번창하

고 있었다.

주말에 자주 당직을 섰다.

그녀는 그래서 〈데몰리션 맨〉, 〈스페셜리스트〉, 〈저지 드레드〉, 〈어쌔신〉, 〈데이라잇〉을 볼 수 있었고, 가끔은 무선호출기가 울리는 바람에 영화를 보는 도중에 밖으로 나가야 했다.

장 혼자 아들 둘을 데리고 시골 별장으로 떠나는 일이 잦았다.

***

"이렇게 분명히 만져지는데…… 자네가 이걸 알아차리지 못했다는 게 이해가 안 되는군."

마르샬 박사는 리즈에게 옷을 입으라고 하고 진찰대를 벗어났다.

리즈는 진료실로 들어갔다.

"앉게……."

마르샬 박사는 편지를 봉투에 넣고 그 위에 이름과 전화번호를 적었다.

"빌스도르프 교수에게 보내는 편지네. 이 분야 최고 권위자 중 한 사람이니까…… 가능한 한 빨리 연락하게."

리즈는 자신의 병원으로 돌아와 스웨터와 브래지어를 벗고 진찰대에 앉았다.

왼쪽 유방 안에 멍울이 잡혔다.

빌스도르프 교수는 신속히 수술하기로 결정했다.

리즈는 당분간 병원을 대리 의사에게 맡기기로 하고 진료실을 깔끔하게 정리했다.

대학병원에 입원하기 전날, 그녀는 〈캅 랜드〉를 보러 갔다.

한쪽 청력을 잃은 보안관 역은 스탤론이 맡은 최고의

배역 중 하나였다. 그의 영화 인생에 새로운 출발점이 될 것이 틀림없었다.

그녀는 좋은 기분으로 집으로 돌아갔다.

이날은 특별히, 앙투안과 토마스와 함께 저녁을 먹었다. 유쾌한 식사였다. 두 아들에게도 와인 몇 방울 떨어뜨린 물을 마실 권리가 있었다.

장이 밤새도록 꼭 끌어안고 있어서 리즈는 잠을 이룰 수가 없었다.

진정하세요. 우리가 할 수 있는 최선을 다하고 있습니다. 의사들이 하는 말은 그게 전부였다. 장은 전혀 이해되지 않았다. 무슨 일이 일어나고 있는지 모르고 있었다.

리즈는 회복실에 있었고, 면회는 사절이었다.

그래서 장은 기다렸다.

기다리다 미쳐가고 있었다.

마침내, 간호사가 가운과 마스크, 보호 장비를 갖추게

나의 마지막 히어로

하고 장을 리즈에게 데려갔다.

  장의 목소리였다.

  그가 말하고 있었다. 뭐라는 거지?

  그녀는 눈을 뜨려고 했다. 불가능했다.

  그럴 힘이 없었다.

  장의 목소리가 점점 멀어지는 것 같았다. 그래서 그녀
는 입을 꾹 다물었다.

  이제는 자신의 심장 소리밖에 들리지 않았다.

  빰 빠바밤 빠바밤.

  그녀의 온몸으로 울려 퍼지고 있었다.

  빰 빠바밤 빠바밤.

  그녀의 심장이 〈Eye of the Tiger〉의 도입부 첫음절에
맞춰 뛰고 있었다.

그녀는 한결 좋아지고 있음을 느꼈다.

'……Eye…….'

장이 리즈에게 몸을 숙였다. 뭐라는 거지?

'……Eye…….'

'아야.' 그녀가 아파하고 있었다. 고통스러워하고 있었다. 그는 아내의 손에 자신의 손을 포갰다.

갑자기, 손바닥 밑에서 리즈가 손가락을 구부렸다가 꼭 쥐었다.

그녀가 주먹을 쥐고 있었다.

그러고는 더 이상 아무런 움직임이 없었다. 연속되는 경고음, 그리고 심전도 모니터에 평행을 이루는 직선 그래프…….

"오래전에 리즈가 나한테 맡긴 건데 가져왔어요."

장은 봉투를 뜯었다. 그리고 편지를 펼쳤다.

"아래에 서명한 나는……."

장은 눈살을 찌푸렸고, 니콜라를 쳐다보고 나서 계속 읽었다.

"……실베스터 스탤론에게 유증……."

장은 멈췄다.

"……우리끼리니까 하는 말인데 니콜라, 자네는 리즈가 얼마나 유별난 사람인지 모를 거야."

장은 피식 웃다가 이내 울기 시작했다.

그러고는 마치 리즈의 편지를 손수건인 양 만지작거리다 두 손으로 구기고 돌돌 말았다.

니콜라는 장의 어깨를 잡아 밖으로 데리고 나갔다.

장은 심호흡을 했다. 찬 공기를 마시고 나니 한결 나았다. 긴장이 풀렸다. 그가 손가락을 폈고 돌돌 말린 종이가 바닥에 떨어졌다.

말린 종이가 데구루루 굴러갔다.

옮긴이의 말

'100페이지의 미학'이라 일컬어지는 엠마뉘엘 베르네 임의 소설들, 『잭나이프』(1985), 『커플』(1987), 『그의 여 자』(1993), 『금요일 저녁』(1998). 그로부터 수년이 흐른 뒤 발표한 『나의 마지막 히어로』(2002)는 실베스터 스탤 론에게 바치는 소설이자, 작가가 가장 애착을 가진 작품 이기도 하다. 영화 및 텔레비전 드라마 시나리오 작가이 기도 한 베르네임은 1983년 1월, 친구들과 함께 우연히 〈록키3〉를 보러 갔다가 40도에 이르는 고열로 몸져누웠고, 이후 첫 소설 『잭나이프』를 발표하면서 소설가로 변신하게 된다.

작가 자신과 쌍둥이처럼 닮은 『나의 마지막 히어로』의 주인공 리즈 역시 〈록키3〉를 보고 나서 고열로 쓰러진다.

세계 챔피언으로 승승장구하다 자만심에 빠져 타이틀을 뺏기자, 혹독한 훈련으로 재기에 성공하는 록키. 록키에게서 매너리즘에 빠진 자신의 모습이 오버랩된 것일까? 병원에서 비서로 일하는 리즈는 〈록키3〉를 보고 난 뒤 중단했던 의학 공부를 다시 시작해 의사가 된다. 그후 실베스터 스탤론이 나오는 모든 영화를 볼 뿐만 아니라 록키처럼 권투를 배우기 위해 스포츠클럽을 찾아간다. 거기서 인생의 남자를 만나 두 아들을 두지만 스탤론에 대한 사랑은 식을 줄 모르는데……

엠마뉘엘 베르네임의 소설은 극도로 간결하고 절제된 문체라는 것이 특징이다. 하지만 구구절절한 설명을 늘어놓지 않는 문체는 스토리의 밀도와 강도와 반비례한다. 주인공을 중심으로 전개되는 플롯에는 예리한 시선과 몸짓, 냄새, 그 밖의 소소한 무언가들로 충분하다. 짧은 글 속에 녹아든 문학적 힘, 시퀀스처럼 효과적으로 정렬된 단락, 행간의 여백이 만들어내는 미학. 베르네임이 초점을 맞추는 줌렌즈에 따라 주인공의 눈에 비치는 작은 세계가 더욱 특별한 매력과 강렬한 인상을 남기며, 미니멀리스트로서의 재능을 다시금 확인케 한다.

아주 오래전, 벨기에 친구가 한국행 비행기에서 단숨에 읽은 책이라며 건네준 한 권의 책『그의 여자』. 그렇게 해서 연을 맺게 된 작가가 엠마뉘엘 베르네임이었다. 너무 간결하고, 너무 건조하고, 너무 강렬한 문체에 매료되어 작가의 전 작품을 번역해오고 있다.

그런데 마지막 남은 작품의 출간을 앞두고 엠마뉘엘 베르네임이 사망했다는 비보를 뒤늦게 접했다. 시네마테크 프랑세즈의 총감독인 남편 세르주 투비아나에게 행복에 관한 글을 쓰겠다고 했다는 베르네임은 다섯 권의 간결한 소설과 인간다운 죽음을 선택한 아버지의 마지막 여정을 기리는 자전소설을 남긴 채 저세상으로 떠났다.

소설이라기보다 시나리오 같고, 글이라기보다 감각적 이미지를 그린 베르네임의 소설을 더는 접할 수 없다는 사실이 아쉽기 그지없다. 이제 아픔이 없는 영면의 세계로 들어간 그녀와 애틋한 작별을 고한다.

대담

이다혜 기자 × 이종산 소설가

이다혜

《씨네21》 기자. 지은 책으로 『책읽기 좋은날』 『어른이 되어 더 큰 혼란이 시작되었다』 『여기가 아니면 어디라도』 『아무튼, 스릴러』 『처음부터 잘 쓰는 사람은 없습니다』 등이 있다. 팟캐스트 '이동진의 빨간책방'에 출연 중이다.

이종산

소설가. 『코끼리는 안녕,』으로 제1회 문학동네 대학소설상을 수상했다. 장편소설 『게으른 삶』 『커스터머』, 에세이 『식물을 기르기엔 난 너무 게을러』 등이 있다.

종산 　이다혜 기자님은 『나의 마지막 히어로』를 어떻게
　　　읽으셨나요? 영화 기자이시니까, 저보다 더 풍부
　　　하게 작품을 읽으셨을 것 같아요.

다혜 　사실, 이 실베스터 스탤론이라는 사람 자체가 나
　　　이만 어느 정도 있으면 다 알 만한 사람이에요.(웃
　　　음) 베르네임이 1955년생인데, 이 작가가 제일 왕
　　　성하게 활동하던 시기에 왕성한 활동을 한 배우였
　　　어요.

종산   우리 세대로 치자면 톰 크루즈 정도일까요.

다혜   그런 셈이죠. 제가 지난 추석 때 SNS에서 본 이야
       기 중에 TV에서 너무 재미있는 영화를 봤다는 거
       예요……. 혹시 보셨어요?

종산   아, 아니요. 너무 재밌을 것 같은데요.

다혜   너무 재미있는 영화를 봤대요. 근데 진짜 잘생긴
       배우가 나오더라는 거예요.

종산   아, 세대가 달라서…….

다혜   엄마가 재밌다 해서 봤는데 너무 잘생긴 배우가
       나오더라, 이름이 레오나르도 디카프리오다, 그러
       는 거예요.

종산   아, 정말요? 실베스터 스탤론인 줄 알았는데요.

다혜   아니에요.

종산   충격적인 이야기네요.

다혜   네. 사실 디카프리오가 지금도 활동하고 있지만
       십 대나 이십 대 초반인 관객이 볼 때는 그냥 거구
       의, 괴로운 연기를 주로 하는 그런 아저씨처럼 보
       일 텐데, 사실 〈타이타닉〉에서 디카프리오는 엄청

난 꽃미남이고, 워낙 잘생긴 거로 유명했잖아요.

종산 청춘스탄데.

다혜 네. 청순스타인 데다 전 세계적으로 모르는 사람이 없었잖아요. 근데 이런 차이는 있는 것 같아요. 실베스터 스탤론은 액션 영화를 좋아하는 분들이 아는, 약간 퇴물 같은 느낌도 없지 않지만 한때는 가장 인기 있는 배우였어요. 또 영화 〈록키〉는 실베스터 스탤론이 직접 각본을 쓰기도 했고 실제로 유명세를 떨치는 계기가 된 작품이었기 때문에, 동시대 사람들에게는 굉장히 큰 의미가 있죠. 『나의 마지막 히어로』에서도 주인공이 〈록키〉를 보고 '이렇게 살 수는 없어'라고 생각하잖아요. 그런 생각을 불러일으킬 만한 영화라는 거예요. 세상에 많은 권투 영화가 있지만 〈록키〉는 밑바닥 인생에 주저앉지 않겠다는 실베스터 스탤론의 각오가 형상화된 작품이에요. 그런 점에서 볼 때 소설 초반에 나오는 주인공의 결심과도 맞닿아 있겠죠.

또 하나 중요한 것은, 아까 말씀하신 톰 크루즈나

실베스터 스탤론 정도 되면 수십 년간 계속 영화를 찍는 배우라는 거예요. 사실 톰 크루즈는 지금도 전성기잖아요. 딱히 명성에 흠이 간 적도 없고, 누구도 톰 크루즈가 나중에 가난해지면 어떻게 하나, 걱정하지 않아요. 소설 속 주인공이 그랬던 것처럼 〈미션 임파서블〉 시리즈 신작이 개봉했을 때 관객이 없어 극장이 텅텅 빌 거라는 생각은…….

종산 올해 〈미션 임파서블〉도 잘됐죠.

다혜 네, 하지만 실베스터 스탤론은 밑바닥에서 시작해서 정점에 오르고 어느 순간 사라지는 듯하다가 또다시 영화를 찍지만 퇴물 취급을 받아요. 그런 면에서 좀 다른 점이 있는 것 같아요.

종산 저는 실베스터 스탤론 영화를 하나도 안 봤다가 이번에 〈록키3〉를 봤어요.

다혜 재밌게 보셨어요?

종산 오, 너무 재밌더라고요. 근데 영화를 볼 때는 각본, 감독이 실베스터 스탤론인지 몰랐어요. 나중에 스탤론이 〈람보〉 주인공이라는 걸 알고는, 내가 이 배우에 대해 진짜 몰랐구나 싶어서 또 한 번 놀랐고요.

다혜 〈록키〉가 인기 있는 이유 중의 하나는 엄청난 신파 드라마라는 거잖아요.

종산 아…….

다혜 권투 이야기이기도 하지만요.

종산 록키의 코치였던 미키가 죽더라고요.

다혜 네, 신파 드라마이고, 〈록키〉는 권투를 좋아하건 말건 중요하지 않을 정도로 인기가 있었어요. 그래서 말씀하신 것처럼 다시 봐도 재미있는 부분이 있죠. 특수 효과와는 상관없는, 어찌 보면 결국 인간에 대한 이야기라서 그런 게 아닌가 싶기도 하고요. 작가님은 이 작품에서 문체라든가 아니면…….

종산 스타일.

다혜 네, 이야기를 전개하는 스타일을 어떻게 보셨나요?

종산 저는 이 소설을 읽는 동안 노출 콘크리트를 쓴 공간들이 자꾸 떠올랐어요. 그런 건축 기법을 '브루탈리즘(brutalism)'이라고 하더라고요. 브루탈리즘이란 건축물 본연의 모습을 표현하기 위한 사상으로 재료나 구조를 솔직하게 표현하는 것인데, 모든 장식을 제거하고 최소한의 골격만 남겼다는 점에서 이 소설과 비슷하다는 생각이 들어요.

얼마 전 세미나에서 소설의 구성 요소에 대해 이야기를 나눴거든요. 일단 인물이 있어야 하고, 그다음에 스토리가 있고, 거기에 따른 서사와 에피소드, 문체, 대사 등이 있겠죠. 『잭나이프』도 그랬지만 이번 『나의 마지막 히어로』도 그런 요소들이 적재적소에 있었어요. 간결하다고 해서 어떤 요소가 빠진 게 아니라 모두 풍부하게 응축되어 살아있어요. 장식을 제거하고 골격만 남겨놓아도 소설이 되는구나, 충분히 많은 걸 느낄 수 있구나 싶었죠.

게다가 『나의 마지막 히어로』는 한 여자의 변화이후 죽음까지의 일생을 다룬 작품이잖아요. 그런

데도 분량이 너무 짧아요. 그게 너무 신기한 거예
요. 엠마뉘엘 베르네임의 작품은 읽을 때마다 이
런 소설도 가능하구나 싶어서 충격적으로 다가오
는 것 같아요.

다혜 분량이 짧기도 하지만, 일단 수식이 별로 없잖아
요. 설명을 별로 안 해요. 가령 행동을 묘사하더
라도 왜 그런 행동을 했는지는 말하지 않기 때문
에 이유가 계속 궁금하죠. 그런데 사실 우리가 하
는 대부분의 일들이 그런 식이거든요. 행동을 쭉
나열해보면 누군가에게는 아무 맥락이 없다고 느
껴지지만, 또 누군가에게는 맥락이 있다고 느껴질
수도 있어요. 결국 왜 그런 행동을 했을까에 대한
답을 읽는 사람이 채워 넣어야 하는 상황인 거예
요. 그런 면에서 이 작품은 소설을 많이 읽지 않는
분들에겐 어렵게 느껴질 수도 있어요. 이른바 친
절한 소설에선 누가 어떻게 왜 그런 행동을 했는
지 시시콜콜 다 알려주지만, 이 소설은 좀처럼 이
해 안 되는 부분도 종종 나오거든요. 『나의 마지

막 히어로』에서 주인공이 영화를 보고 문득 다른 인생을 살기로 결심하잖아요. 여기까지는 그럴 수도 있겠다 싶은데, 어느 날 영화를 보러 가서는 스탤론이 앞으로 먹고살기 힘들어지지 않을까 걱정하면서 남편과 상의도 없이 저금을……

종산 계좌를 만들죠!

다혜 네, 계좌를 트잖아요. 근데 중요한 것은 남편과의 사이가 나쁜 게 아니거든요. 남편은 마지막 순간까지 헌신적인 사랑을 보여주고, 심지어 그 계좌의 존재를 알게 되었을 때도 화를 내는 게 아니라 아내에 대해 충분히 알지 못했다고 한탄해요. 둘의 관계가 어긋나 있어서 탈출구를 찾는 게 아니라는 거예요.

종산 맞아요. 사실 저도 그 장면이 제일 인상 깊었어요. 1980~1990년대에 나왔던 네 작품 『잭나이프』, 『커플』, 『그의 여자』, 『금요일 저녁』에서도 주인공은 관계에 대해 늘 불안해해요. 사실 '잭나이프' 자체도 불안의 상징이잖아요. 지금은 나를 만지고 있지만 다른 여자를 생각하겠지, 그리고 저녁에는 다른 여자의 허벅지를 만질 거야, 라는 식의 상상을 정말 많이 하거든요. 어떻게 보면 관계가 안정적일수록 불안은 더욱 커지는 것 같아요. 베르네임 소설 속의 여자들은 왜 이렇게 항상 불안할까, 그 점이 참 궁금했거든요.

근데 2002년에 쓴 『나의 마지막 히어로』에서는 그런 불안이 사라진 것처럼 보였어요. 저는 이 작가의 전작들을 읽었으니까 리즈가 남편에게 계좌를 들켰을 때 너무 불안한 거예요. 남편의 얼굴이 처음엔 시뻘게지더니 결국엔 두 손으로 얼굴을 가리잖아요. 그가 화를 내면서 난 정말 당신을 이해하지 못하겠어, 라고 말한 뒤에 떠나는 게 아닐까. 그런데 갑자기 박장대소하면서 리즈를 껴안는 거예요. "스탤론을 도와주기 위한 저금이라니! 어떻게 그런 생각을"이라고 말하면서. 그렇게 행복하게 확 풀려버려요. 작가가 예전에는 사랑이란 건 일시적인 감정에 불과하고, 사랑하는 사람이 내

곁에 평생 머물러 있지 않을 거라는 불안감을 느꼈다면, 이제는 사랑을 믿게 되었다는 생각이 들었어요. 남편도 떠나지 않고 그녀 옆을 평생 지키잖아요. 리즈가 죽은 후에 어떤 사람인지 말하는 장면에서도 리즈를 향한 사랑이 느껴졌어요.

남성 캐릭터도 예전에는 뭔가 미스터리하고 알 수 없는 존재로 그려져 있었어요. 그런데 지금은 남자가 사랑하고 있다는 믿음을 줘요. 그걸 보고 저도 희망을 갖게 된 것 같아요. 전 사랑을 믿지 못하는 편이고 소설도 그렇게 쓰곤 하는데, 살다 보면 언젠가 사랑을 믿게 되지 않을까 싶은 거예요. 나의 동반자, 내 곁을 떠나지 않을 존재가 언젠가 나타나지 않을까 하는. 불안하고 낯선 글을 쓰던 작가가 이런 따뜻한 사랑을 그려냈다는 게 놀라웠어요.

다혜 따뜻한 사랑이라는 게 양방향에 있잖아요. 실베스터 스탤론에 대한 애정도 그렇고, 남편에 대한 애정도 마찬가지고요. 다른 소설에서는 과거도 미래도 없고, 딱 그 장면만 있어요. 어떤 장면에서 시작해서 장면으로만 끝나는 거예요. 오직 그 순간에만 모든 것이 존재하고, 그 순간에 존재하는 모든 남자에 대해서 다른 여자가 있을 거야, 라고 상상해요.

종산   맞아요.

다혜   다른 여자가 있을 거야, 라는 생각이 기본적으로 깔려 있어요.

종산   심지어 한 남자는 거짓말을 하잖아요. 이미 결혼 했다고.

다혜   네, 결혼하지 않았는데 했다고 하죠. 그런 점이 무척 흥미로운 거예요. 보통 결혼을 했는데 안 했다고 거짓말을 하지, 결혼을 안 했는데 했다고 거짓말하진 않잖아요. 그럼 왜 『그의 여자』에서는 그런 식의 거짓말이 등장하는가. 보통의 거짓말과는 반대로 하는 걸 보면, 그 남자도 사실 그 여자와 같은 거예요.

종산   맞아요. 저도 그렇게 생각했어요.

다혜 남자와 여자는 두 사람이 아니라 한 사람 안에 존재하는 두 개의 자아인 거예요. 남자는 결혼도 했고, 심지어 애가 둘이나 있다고 거짓말하잖아요. 그렇다면 왜 남자는 거짓말을 한 걸까. 그 이유는 사실 여자의 행동을 보면 알 수 있어요. 둘의 관계는 재미없고 지루한 관계이고, 이미 오염되어서 외도를 할 단계로까지 진행되고 있거든요. 때문에 여자는 오히려 상대가 기혼일 때 흥분을 느끼는 거예요. 남자의 경우도 같은 이유로 거짓말을 하고, 이 거짓말이 두 사람 사이에 긴장을 불러일으켜요. 두 사람은 결국 십 분, 이십 분, 한 시간 정도 되는 짧은 시간 동안에만 함께하는 관계인 거죠. 소설의 마지막에 남자가 자신은 사실 결혼하지 않았고 다시 잘해보자고 말하지만, 여자는 그동안 수집해온 남자와 관련된 물건들을 모두 버리고 새로운 남자(유부남)의 물건을 모으기 시작해요. 결국 이 여자가 원하는 사랑은 어떤 것일까 알기 힘들어지죠. 여자는 관계 자체에 대해 계속 불안해하고, 막연하게 다른 관계를 염두에 두고 있으니까요. 그런데 『나의 마지막 히어로』에는 과거도 현재도 미래도 있으니까 굉장히 긴 시간을 두고 진행되는 이야기인 거예요.

종산 아, 그렇네요.

다혜 한 사람의 일생에 관한 이야기이기도 하고요. 특이한 점은 주인공이 몰입하는 대상이, 같은 여자가 아니라 엄청난 남성성이 강조되는 권투 영화 〈록키〉의 실베스터 스탤론이라는 거죠. 〈록키〉라는 영화를 보고 나면 남자들은 록키가 되고, 여자들은 그의 사랑을 받는 에이드리언이 되는 경우가 많았어요. 이 소설에서는 자신의 인생을 바꾸기 위해 여자 주인공이 아니라 남자 주인공에게 감정을 이입하는 상황인 거예요.

종산 우리 시대에는 여자 배우나 감독한테 그런 영향을 받을 수 있을 것 같아요. 예전에는 남자 배우가 각본과 감독, 주연까지 맡았다면 지금은 그런 여자 배우도 하나둘씩 나오고 있잖아요.

다혜 중간에 주인공이 복싱을 배우러 가잖아요. 근데 여자 탈의실이 없으니까 남자들이 탈의실에서 다 나가면 혼자 들어가고, 밖에서는 수군거리고…….

종산 "지긋지긋해. 이제 다시는 여기에 오지 않을 거야"라고 하면서.

다혜 그런 대목 중에는 남자들의 세계에 받아들여진다는 식의 표현이 있거든요. 결국 주인공은 원하는 대로 의사가 되고 사회에서도 어느 정도의 성취를 인정받지만, 사실 소설 초반에 나오는 선택지에는 여러 가지가 있어요. 그중 하나가 당시 사귀는 남자친구 집에 들어가 그와 결혼하는 거고요.

종산 맞아요.

다혜 다시 공부를 시작하면 앞으로 몇 년이 더 걸릴지 알 수 없으니까 주변에서는 반대를 하죠. 그런데 남자친구 집에 들어가지도 않고 결혼도 하지 않고 공부만 한단 말이에요. 그런 과정들을 보여주는 이유는, 그 시대에는 여성적인 세계에 머물지 않고 남성적인 세계에 들어간다는 것이 상징적인 의

미가 있기 때문이에요. 복싱을 배우는 것도 이를
테면 운동하고 싶어, 그럼 무슨 운동을 할까 하고
생각하는 게 아니라 나는 스탤론을 좋아하니까 복
싱을 배울 거야 하고 확 점프를 한다는 거죠. 이런
부분이 주인공의 독특한 점이라고 생각했어요.

지금도 크게 다르지 않겠지만 1970~1980년대
는, 역할 모델을 찾는다고 할 때 결국 도화선에 불
을 붙이는 사람은 같은 여성보다는 남성인 게 더
쉬운 시대였을 거예요. 오히려 완전히 남성적인
캐릭터가 꿈을 이루는 이야기, 이를테면 밑바닥
남자가 자수성가한 이야기와 여성이 자신의 꿈을
이루는 이야기가 등치되는 면이 있지 않나, 라는
거죠. 이런 맥락에서 스탤론이 등장한다는 게 상
당히 흥미로웠던 것 같아요.

종산 맞아요. 예전에 영화 〈고스터 버스터즈〉를 본 사
람들 중에는 강한 여성의 롤모델이 탄생했다, 여
자가 활약하는 걸 보니깐 너무 신난다, 남자들도
이렇게 신이 났겠구나, 이런 반응들이 많았잖아

요. 저도 그랬거든요. 똑똑하고, 강인한 여성들이
나와서 유령들을…….

다혜 근데 코미디라서 약간 바보 같잖아요. 강하다고
하기에는.

종산 그렇죠. 어쨌든 생생한 여성 캐릭터들이 활약하는
영화를 보니까 신이 나고 이제 뭔가 달라지고 있
구나 하고 생각했어요.

다혜 네, 예전에는 그런 캐릭터들이 별로 없었죠. 『나
의 마지막 히어로』를 읽다 보면, 전작을 읽었기
때문에 여기가 끝이겠구나 싶은 순간들도 많이 보
이지 않았나요? 예를 들면…….

종산 저는 레몬즙 짤 때. 장이 식사를 하다 음식이 절반
이나 남은 접시를 밀어내곤 말없이 레몬즙을 짜잖
아요. 초조해하는 리즈를 응시하며 "나와 결혼해
주겠소?"라고 묻죠.

다혜 네, 레몬즙 짤 때도 그렇고요. 일단 공부를 다 해
냈네 하고 생각하다가, 장과 사랑에 빠지면서 '아,
여기까진가' 하고, 첫애를 낳으면서 '아, 여기까

진가' 하고, 둘째를 낳으면서 '아, 여기까진가' 하는 식으로 이제 끝이겠구나 싶었던 순간들이 있었어요. 작가님이 말씀하신 전작들이 갖고 있던, 뭔가 미묘하게 비관주의적인 태도와는 많이 달라진 부분인 것 같아요. 그러니까 '거기가 끝이 아니야, 계속할 수 있어'라는 걸 주인공이 죽기까지의 과정을 통해 굉장히 잘 보여주고 있는 거죠. 그리고 결국 훼손되지 않은 채로 이야기가 끝날 수 있다는 점도 보여주고요. 어떻게 보면 작가가 전작들을 쓸 때보다는 더 낙관적으로 변한 것 같기도 하고, 더 애정을 갖고 썼나 하는 생각도 들었어요.

그런데 한편으론 전작을 좋아하는 사람들에게는 낯설 것 같아요. 전작들에는 비틀린 에너지 같은 게 있거든요. 베르네임의 장점이라면, 속을 알 수 없는 캐릭터에 어디서 얘기가 끝날지 짐작할 수 없다는 거잖아요. 예를 들면 베르네임의 다른 소설들, 특히 『커플』 같은 경우는 대사가 한마디도 없어요. 대사 없이 전부 '그는 그렇게 할 것이다,

저렇게 할 것이다'라는 식으로만 구성되어 있는데, 말하자면 영화 시나리오나 연극 대본의 지문으로만 이루어진 소설인 셈이에요. 행동의 이유가 지문에만 들어 있다는 게 상당히 인상적인데, 거기서 생각은 계속 뻗어나가고, 하지만 그 생각이 현재 눈앞의 상황을 건설적으로 해결하는 데는 별 도움이 되지 않아요. 게다가 인물들은 생각과는 정반대의 행동을 많이 하거든요. 이를테면 이 사람과 섹스를 나누지만 정작 관계는 다른 사람과 진행되는, 그런 이상한 일들을 베르네임은 기가 막히게 잘 그려내고 있어요.

연애를 시작할 때 첫눈에 사랑에 빠지기도 하지만 실제로는 계속 재보잖아요. 요즘 말로 썸 탄다고도 하죠. 나도 딱히 백 퍼센트는 아니지만 상대가 좀 더 적극적이라면 관계를 시작할 의향도 있어, 라는 식의. 그런데 상대방도 똑같이 그런 생각을 하고 있어요. 또 다른 상대가 나타나기도 하고요. 그럼 둘 중에 누굴 고를까 고민하고, 애는 별로 나한테 관심이 없으니까 다른 사람을 만나볼까 하다가 실행에 옮기기도 하죠. 베르네임의 소설도 이와 비슷하거든요.

첫눈에 막 반해서 심쿵 하고 나의 진심을 어떻게 전달할까 고민하는 그런 이야기가 아니라, 둘 다 미지근한 상태에서 관계가 시작되고, 그 미지근한 관계에서 엎치락뒤치락하는 일련의 사건들이 어쩌면 본격적으로 연애를 시작하기까지의 과정을 현실적으로 그려낸 것 같아서 참 재밌었어요. 그러니까 이건 대단한 사랑 이야기도 아니고, 보통 사람들이 연애를 할 때 겪는 그런…….

종산 드라마에 나오는 아름다운 사랑이 아니죠. 복잡한 욕망을 가진 한 인간이 눈앞에 대상이 나타난 순간 일단 만나보는 거예요. 그러면서도 자기 마음을 모르니까 계속 불안해하거든요. 근데 이 소설에서 주인공은 자신의 욕망을 너무 잘 아는 인물이에요. 다른 작품들도 좀 그런 경향이 있긴 하지만 이번에는 특히 선언식의 문장이 많이 나오더라

고요. 직장을 그만두기로 결심했다, 난 이제 달라
질 것이다, 라는 식의. 자신이 무엇을 원하는지 아
는 사람만이 가능한 그런 선언들을 보면서 전작들
과는 분위기가 많이 바뀌었다고 생각했어요.

다혜   그래서 어떻게 보면 『나의 마지막 히어로』와 전작
들 사이에 약간의 간극이 있지 않나, 잘 이어지지
않는다, 그런 느낌이 있어요. 그리고 베르네임이
프랑수아 오종의 영화 시나리오 작업도 꽤 했거
든요. 사실 앞선 작품들은 오종 감독 영화들 같아
요. 왜 그 둘이 협업을 했는지 너무 잘 이해할 수
있을 정도예요. 오종 감독 영화는 너무도 평온해
보이는 프랑스 중산층 가정에서 갑자기 누가 죽고
죽이고 하는 식으로 전개되는데, 『나의 마지막 히
어로』는 그런 맥락에서 보면 많이 다르거든요. 방
금 말씀하신 것처럼 이전까지의 주인공들에겐 자
기 확신이 없었어요. 심지어는 『금요일 저녁』에서
는 곧 결혼할 예정인 여자가 우연히 얻어 탄 차 안
에서 남자의 냄새를 맡고는 갑자기 애인과의 저녁

약속을 취소하잖아요.

종산 맞아요. 근데 또 그 낯선 남자에게 애인이 있는 거
같아, 그래도 멈추지는 않아, 오늘은 한번 모험을
해보자고, 그런 식으로 소설은 끝이 나죠. 새로운
남자를 만날 수도 있고, 아닐 수도 있고. 음……

다혜 그런데『나의 마지막 히어로』는 전혀 그렇지 않다
는 거예요. 전작들과 이 작품이 다른 이유에 대해
생각해보면, 어쩌면 1990년대와 2000년대 작품
간의 차이일 수도 있고, 혹은 인생관의 변화에 따
른 차이일 수도 있어요. 예전엔 작가의 삶이 소설
속에 등장하는 이른바 현재형의 삶에 더 가까웠을
지도 몰라요. 하지만 좀 더 나이가 들었을 땐 다른
것이, 『나의 마지막 히어로』의 경우를 보면 과거
현재 미래가 펼쳐지는, 한 사람의 굉장히 긴 시간
동안의 이야기거든요. 이전 작품들은 하루나 이
틀, 길어봤자 몇 달 동안의 이야기였다면, 『나의
마지막 히어로』에서는 몇십 년의 시간이 흘러요.
사실상 이 소설은 모든 사건이 다 일어난 후에 과

거를 돌아보면서 시작되는 이야기 같기도 하고요.

종산 회고록 같죠.

다혜 확신에 찬 표현들이 등장할 수 있는 이유는 실제로 일어난 일을 기록하고 있기 때문이 아닐까 싶기도 해요. 지금 당장 내가 이 남자를 느끼는 순간에 경험하는 불안에 대해 쓸 때와는 달리.

종산 앞이 보이지 않던 예전과는 달리.

다혜 네, 그렇죠. 이미 모든 일은 벌어졌고, 나는 이렇게 살고 있죠. 과거의 일이 어디에서 시작되었는가부터 되짚어보는 소설인 거예요. 『나의 마지막 히어로』가 주인공처럼 〈록키〉를 보고 감명받아 쓴 자전적 이야기라는 점을 염두에 둔다면, 더더욱 그럴 수 있겠다는 생각이 들어요.

종산 작가가 사회적으로 안정되고 여유가 생겼나 싶기도 하고요.

다혜 그럴 수도 있죠. 이제 먹고살 만한가 싶고.

종산 여유가 생기면서 좀 더 성숙해진 것도 같고. 아, 나도 미래에는 이렇게 될 수 있을까.

다혜　한 30년은 더 있어야 하지 않나요.(웃음)

종산　엠마뉘엘 베르네임이 왠지 미혼일 거라 생각했는데, 알고 보니 결혼을 했더라고요. 배우자를 만나면서 안정감을 느끼게 된 것도 같아요.

다혜　남편인지 파트너인지는 잘 모르겠지만, 문화계 방면에서 활발히 활동하는 사람이니까 그럴 수도 있겠네요.

종산　『다 잘된 거야』(2013)도 자전적인 소설인데, 거기서 남편이 주인공의 일을 많이 도와주잖아요. 그것과 연결해보면, 인생의 파트너를 만나면서 사랑에 대한 생각이 달라졌을 수도 있겠다 싶어요.

다혜　약간 엉뚱한 이야기일 수도 있는데, 『나의 마지막 히어로』에서 스탤론에게 빠져 평생을 몰두하는 모습을 보면, 요즘에 소위 말하는 '덕질'과 별반 다를 게 없어요. 아니, 똑같죠. 단순히 누구의 팬이라고 해서 그렇게 하지는 않거든요. 텅 빈 극장을 보면서 나중에…….

종산　우리 배우, 나중에 가난해지면 어떡하지.

다혜 네, 사실은 이게 진짜 덕질 하는 사람들 코스라는 거예요.

종산 아, 저도 메모해놨어요. 덕질.

다혜 신작이 나오면 보러 가고요. 예를 들면 그냥 좋아하는 사람들은 같이 보러 가요. 남편이 있고 애들이 있으면, 다 데리고 보러 가기도 하고요. 근데 『나의 마지막 히어로』에서는 완전히 나 혼자만의 경험으로 한정짓고 싶어 한단 말이에요.

종산 나의 배우와 나와의 관계인 거죠.

다혜 『나의 마지막 히어로』는 사실 제가 알고 있는 전형적인 덕질과 너무 비슷해요. 특히나 돈이라는 개념이 굉장히 중요한데, 가령 리즈가 스텔론 신작 영화 개봉일에 둘째를 데리고 극장에 가는데 영화는 보지 않거든요. 표를 샀으니까 됐어, 영화는 나중에 TV로 봐야지 하고는 그냥 돌아와요. 그런데 이 덕질이라는 게 어떻게 보면 육성한다는 것과 비슷하다는 느낌을 받을 때가 있어요. 내가 좋아하는 대상을 평생 책임지고 싶은 거예요. 주인공이 스탤론을 위해 계속해서 뭔갈 해주고 싶은 마음이 굉장히 구체적으로, 다양하게 표현되고 있다는 것도 육성과 통하는 점이 있어요. 사실 스탤론이 아니라 아이돌 이름으로 바꿔서 읽어도 전혀 위화감이 없을 정도예요.

종산 이 소설에서는 스탤론이 나오는 영화를 다 챙겨봤다고만 나오지만, 실은 한 영화를 열네 번씩 돌려봤을 수도 있죠.

다혜 설정 자체가 그냥 덕질 코스예요.

종산 '나의 마지막 히어로'라는 제목도 뭔가 덕스럽고요.

다혜 그렇죠. 『나의 마지막 히어로』는 분량이 길지 않아서 빠르게 읽히는 데다 이해하기 어려운 내용도 아니에요. 계속 말하지만, 다른 소설들과 달리 남편과의 관계도 안정적이고요. 그런데 한 가지, 그래도 베르네임 소설답다고 생각했던 부분은 마지막에 여자 주인공을 죽인다는 거예요.

종산 아니, 근데 저는 솔직히 좀 신파 같기도 했어요. 사랑하는 아내가 죽고, 남은 건 유서와 계좌뿐이야. 마지막에는 유서 적힌 종이가 바닥을 떼구루루 굴러가고요. 결말은 어떻게 보셨어요?

다혜 주인공이 죽으니까 불행한 결말이라고 생각할 수도 있지만, 전 이게 베르네임식의 해피엔딩이라고 생각했거든요. 이를테면 죽음 이후의 풍경이 나오잖아요. 사실 이것도 좀 이상한 거죠. 주인공의 행동을 중심으로 전개되다가, 마지막에는 주인공이 죽은 뒤에 어떤 일이 벌어지고 있는지 중계하거든요. 전체적인 구성으로 봤을 때 좀 뜬금없기도 한데, 한편으로는 이 삶의 완벽함을 증명하는 가장 확실한 방법은 주인공이 죽은 뒤에도 그 완벽함이 유지되고 있음을 보여주는 게 아닐까 싶어요.

남은 계좌에 대한 남편의 반응과 자신의 죽음에 대한 남편의 슬픔이 여전히 유지되고 있음을 확인하는 과정인데요, 사실 앞에 전개된 내용으로 봤을 때는 이 계좌를 스탤론에게 잘 전달해줘, 하고 죽는 거로 끝나야 하는 이야기예요. 죽음으로 끝나는 이야기라고 한다면 말이죠. 그런데 그렇지 않거든요. 거기서 끝이 아니라 그 뒤에 이야기가 더 있어요. 그런 점에서 상당히 복잡한 마음이 들기도 했어요.

종산 결국은 러브스토리 같기도 하고요. 그게 좋으면서도 살짝 위화감이 느껴지기도 했어요.

다혜 위화감이 있죠. 왜 갑자기 톤이 바뀌지? 하는. 남편이 계좌를 발견한 이후로 갑자기 소설의 분위기가 바뀌니까요.

종산 그 점이 저도 좀 낯설었어요.

다혜 아까 잠깐 이야기한, 전작들을 좋아했다면 낯설게 느낄 수도 있을 거란 게 바로 그런 부분이에요. 이제 이 사람이 행복을 찾았구나 하고 생각할 수도 있지만, 아 이렇게 안주하는 건가 싶은 거죠.

종산 근데 저도 그렇게 생각했다가 『다 잘된 거야』를 읽고 나서는, 너무 뻔한 말이긴 하지만 인생이 계속된다는 게 바로 이런 거구나, 그러니까 사랑이 이뤄지면 또 병이 나고, 누군가를 떠나보내고, 그렇게 인생은 계속되는구나 하는 걸 느꼈어요.

2000년 이후에 발표된 『다 잘된 거야』, 『나의 마지막 히어로』와 1980~1990년대에 발표된 소설들의 가장 큰 차이점이 바로 세상을 보는 시각의 변화가 아닐까 해요. 『다 잘된 거야』나 『나의 마지막 히어로』에서는 그처럼 삶을 한 발짝 떨어져서 바라보는 원숙한 시선이 느껴진다면, 이전의 소설들은 '불안'으로 가득 차 있었죠. 바로 앞도 보이지 않으니, 한 발짝 떨어져서 볼 수 있는 여유가 없다고 할까요. 당시 베르네임에게는 글 쓰는 원동력이 다름 아닌 사랑에 대한 불안이었다는 생각이 들어요. 하지만 『나의 마지막 히어로』에서는 그 불안이 종착점에 이른 것 같다고나 할까요.

다혜 그렇죠? 불안으로 글을 쓴다는 게 참 중요한 부분인 거 같아요. 베르네임식의 남녀 이야기들은 공통적으로 로맨스물 같은 데가 있어요. 로맨스물이라고 해도 연애 과정이 순탄하거나 해피엔딩으로 끝나는 부류는 아니지만. 어쨌든 남녀 간의 사랑이라는 것을, 이 여자 주인공들이 항상 집요할 정

도로 운명적으로 생각하고 있다는 거예요. 대체
어떤 여자가 이렇게까지…….

종산 만날 때마다.

다혜 만날 때마다, 제발 그만 좀 해.(웃음)

종산 아니 에르노의 『단순한 열정』에 나오는 주인공이
랑 상당히 비슷하지 않아요? 그 여자도 사랑을 운
명적으로 받아들이면서 자기 인생을 그 남자에게
다 바치잖아요. 온종일 전화벨이 울리기를 기다린
다든가.

다혜 뭔가 프랑스적인 건가 싶기도 하고요.

종산 왜 그럴까 생각해봤는데, 『나의 마지막 히어로』에
서도 주인공이 부모님에게 병원을 그만두고 다시
의대에 들어가 공부를 시작하겠다고 말하니까, 아
버지가 그냥 훗 하고 코웃음을 치잖아요. 아무 말
도 안 하죠. 소설에 등장하는 가족들의 모습이 대
체로 냉소적이더라고요. 단지 프랑스적인 개인주
의 문화 때문인 건가 싶기도 했는데, 『다 잘된 거
야』에서도 아버지가 따뜻한 사랑을 보여주면서도

한편으론 차갑거든요. 『그의 여자』에서 남자가 계
속 거짓말을 하는 것도 타인과 거리를 유지하고
자기 삶을 지키기 위해서라는 생각도 들었어요.
그러니까, 개인과 개인 사이의 거리를 유지하는
문화 때문에 불안이 생겨나는 건 아닐까 싶기도
했고, 필요 이상으로 끈끈한데도 불안해하는 우리
나라 사람들을 보면 또 그것만은 아닌 것도 같고.
암튼 이 소설을 통해 가족에 대해서도 생각하게
하더라고요.

다혜   어쨌든 왜 이렇게까지 하나 싶을 만큼 계속해서
남자와의 관계에 대해 생각하죠. 이를 통해 여자
주인공의 심리를 드러내기 때문에 소설에서는 굉
장히 중요하게 다루고 있는 것 같은데, 여성으로
서의 자기 자신, 이를테면 그 남자에게 자신의 모
습이 어떻게 비춰질까에 대해서 강하게 의식하고
있거든요. 마찬가지로 뭐가 또 문제냐 하면, 주인
공이 어떤 남자를 만나기 시작할 때, 그 남자에 대
한 감정의 정도에 따라 행동하고 고민하는 게 아니

라, 저 남자에게는 아내 혹은 여자 친구가 있겠지, 저 남자는 집에 가면 아이들과 뭘 하고 있겠지, 그런 추측들을 하면서 동력을 얻는다는 거예요. 보통은 결혼했다는 걸 알면 애정이 식지 않나요.

종산 약간 자기 파괴적인.

다혜 네, 남자에게 다른 여자가 있어야 관계를 시작할 어떤 자극이 된다는 점이 아주 강하게 작용하고 있어요.

종산 소설 속 등장인물들이 변화를 원하기 때문인 거 같아요. 자신의 삶이 변화하길 바라는데 마땅한 탈출구는 없고, 때마침 욕망의 대상이 나타나면 그 대상에게 매달리는 거예요. 그렇지만 당연히 항상 그렇게 되지는 않을 테고, 그러니까 불안은 계속 이어지죠. 근데 『나의 마지막 히어로』에서는 좀 달라진 것 같아요. 자신의 삶을 변화시키려면 나 자신에게 집중해야 한다는 걸 알게 된 인물이 드디어 나오거든요. 상대방은 그저 내 파트너일 뿐이고, 인생을 변화시킬 수 있는 건 자신밖에 없어요. 스탤론이 인생을 변화시켰다고 계속 이야기하지만, 사실은 여자의 강한 의지가 삶을 변화시킨 거고, 단지 스탤론은 하나의 계기였을 뿐이에요. 그 점이 덕질을 연상시켰어요. 내 배우 덕분에 산다, 하는 거죠. 누구나 삶을 변화시킬 수 있는, 그리고 계속 살아가야 하는 어떤 힘과 계기가 필요하다는 걸 알게 해줘요. 결국 사람들 마음 안에 자신을 바꿀 힘이 있는 거고, 스타는 그 힘을 끌어내줄 버튼인 셈이죠. 어떤 책이나 영화나 배우가 그걸 해줄 수도 있겠구나 싶었어요.

다혜 또 하나는 『금요일 저녁』의 도입부를 보면, 결혼을 앞둔 여자가 자신의 물건을 모두 버리고 남편될 사람의 집에 있는 물건들을 사용하거든요. 왜냐하면 이 여자가 갖고 있는 물건은 다 별로야. 너무 낡았어. 차도 별로야. 침대는 삐걱거려. 하지만 이제 저 남자 집에 가면, 남자의 물건들은 훨씬 더 괜찮은 것들인 거죠. 근데 이러한 사실 자체가 상징하는 점이 있어요. 일단 결혼으로 인생이 바뀌는데, 내가 내 힘으로 바꾸는 게 아니라 상대가 가진 것들에 올라탐으로써 갖게 된다는 거예요. 물론 사랑에 빠지고, 결혼을 하고, 이후의 삶으로 이어지겠죠. 하지만 그만큼 리스크도 클 거고, 앞날을 알 수 없고, 결국 완전하게 나의 것이라는 생각이 들지 않거든요. 그런데 『나의 마지막 히어로』를 보면, 여자가 자기 힘으로 완전히 공부를 마친 다음에야 남자를 만나요.

종산 그리고 남자가 청혼을 안 한다고 불안해하지도 않아요.

다혜 결혼이란 게 특정한 목표라고 한다면, 그것을 얻기 위해 애쓰는 느낌이 없다는 게 이 소설이 지닌 굉장한 장점 같아요.

종산 그리고 남편을 만나기 전 사귀었던 미셸은 여자가 변하겠다고 하니까 코웃음을 치잖아요. 그걸 왜 하느냐 묻고는 이해해주지 않아요. 그러니까 다음에 바로 "그녀는 미셸과 헤어졌다"라는 문장이 나와요. 단호해진 거죠. 그러고 나서 자신을 응원해

주는 사람을 만나 결혼해요. 그런 점도 상당히 달라진 부분인 것 같아요.

다혜 남자들에 대한 묘사도 재밌어요. 장에 대한 묘사가 그랬는데, 딱히 묘사를 하지 않는다는 점이 재밌었어요. 어떤 사람인가에 대해 별로 말하지 않아요. 그가 하는 일에 대해서도 거울 제조업자이고, 많은 사람들이 그에게 호의적으로 대한다는 정도로만 나와요. 그의 생활적인 면에 대해서는 시시콜콜 적지 않거든요.

종산 사실 별로 비중이 없어요. 그냥 남편인 거예요.

다혜 그런 면에서 『나의 마지막 히어로』라는 소설이 참 흥미롭다고 해야 하나, 전작들과 많이 달라요.

종산 어떻게 보면 유일하게 연애소설이 아닌 것 같기도 해요. 사랑에 관한 소설이면서도.

다혜 대학에 처음 갔을 때 친구 사귀기가 힘들었다고 하죠. 학생들 중에 가장 나이가 많아서 '마담'이라고도 불렸잖아요.

종산 근데 스물다섯 살인데, 왜?(웃음) 깜짝 놀랐어요.

다혜 열여덟 살한테는 아줌마로 보일 수도 있겠죠. 또 한 가지 특징으로는 베르네임의 소설에 등장하는 인물들 중에 의사가 많다는 거예요. 진료실을 겸해서 아예 살림을 차려 살아가는 경우도 있고, 남자가 의사거나 여자가 의사인 경우도 있고요. 누군가 아프기도 해요. 그리고 이 아프다는 게 어떤 중요한 계기로 등장하는 경우도 많고요. 진정제 먹는 장면도 나오죠. 이런 설정들로 보면, 베르네임이 쓴 인물들은 각각이 아니라 결국은 하나의 맥락을 이루는 인물일 수밖에 없다는 생각이 들거든요.

이런 점들이 상징하는 게 뭘까. 이전 작품의 주인공들은 일로는 안정적이지만 사생활 면에서는 불안정했다고 한다면 『나의 마지막 히어로』에서는 사생활 쪽도 완전히 안정을 찾아서 자기 커리어를 확실하게 취하고 있거든요. 그리고 사실 소설가랑 의사는 대게 완전히 다른 직업으로 취급받잖아요. 자신의 직업적인 특징을 살려 주인공을 형상화하는 것이 아니라 전혀 성격이 다른 의사를 직업으로 설정한 점도 신기했어요.

종산 작가 자신과 소설 속 인물을 분리시키려는 장치로 보였어요. 제 생각에 소설이란 나의 마음을 다른 사람에게 전달하기 위한 수단인데, 작가 자신은 그 소설이라는 형식 안에 숨는다고 생각하거든요. 내 이야기가 아닌 것처럼 최소한의 안전장치를 걸어놓기 위해 자신과는 완전히 다른 직업을 가진 인물들로 설정하는 거죠. 근데 그렇기 때문에 오히려 작가와 인물의 심리가 굉장히 비슷할 수도 있겠다, 소설 속 인물들이 곧 작가의 페르소나가 아닐까 하는 느낌이 더 강하게 들었던 것 같아요. 『나의 마지막 히어로』가 전작들과 이야기는 아주 다르지만 스타일은 같잖아요. 생략하고 응축하고 장식을 다 제거한 미니멀한 스타일인데, 저는 생각해보니 소설 속 내용보다는 형식을 더 좋아하는 팬인 거 같아요. 『나의 마지막 히어로』가 보통의 장편 분량이었다면 어땠을까? 아마 너무 지루했을 거예요. 어떤 여자가 〈록키〉라는 영화를 보고 삶이 변화되는데, 그 변화조차도 평탄하게 진행돼요. 이야기의 굴곡이라는 게 사실은 별로 없잖아요. 근데 스피디하게 탁, 탁, 탁, 전개되는 문장들이 너무 재밌어요. 시처럼 읽히는 부분도 있고요. 긴 장편소설의 결말이 이랬다면 짜증 났을지도 모르죠.

내가 그동안 상상했던 것들, 이 모든 게 다 응축되어 있으니까 사실 이야기 자체가 엄청 깊이 있는 게 아닌데도 개인적으로 굉장히 감동적인 면이 있더라고요. 한 사람의 인생이 변하는 것으로 소설이 끝나는데, 굉장히 빠르게 파바박 전개되다가 탁 하고 끝나는 거죠. 주인공이 처음에 〈록키〉를 보고 나서 느꼈던 감동이 이런 게 아니었을까 싶을 정도로 찡한 점이 있었어요.

다혜 그렇죠. 프랑스나 이탈리아 소설들은 대체로 분량이 짧아요. 베르네임의 소설들이 특히 더 짧긴 하지만, 보통 200페이지 안팎이거든요. 근데 영미권 소설은 엄청 길잖아요. 지금의 영미권 작가들은 마치 19세기 소설처럼 시시콜콜하게 다 적지 않으면 아무것도 설명되지 않을 거라는 강박을 갖고 있는 것 같아요.

처음에 베르네임 소설들이 마치 연극 대본의 지문 같다고 했는데, 자크 프레베르 시도 좀 그런 경향이 있어요. 이를테면 평범한 아침 풍경을 그린 시가 있어요. 남자와 여자가 아침을 먹다가 남자가 자리를 떠나는데, 누가 봐도 두 사람이 이별하는 장면이라는 걸 알 수 있거든요. 그런 식으로 짧게 한 줄씩 행동을 묘사하는 것만으로도 무슨 이야기를 하는지 충분히 이해할 수 있어요. 어쩌면 그만큼 독자에 대한 신뢰가 있는 게 아닐까 싶어요.

종산 오히려 줌파 라히리처럼 내면을 굉장히 복잡하게 묘사한, 내면의 내러티브가 강한 소설은 끝까지 읽어도 아리송한 경우가 많아요. 헤아릴 수 없는 거예요. 그래서 결국 비밀로 끝나버리고 마는데 『나의 마지막 히어로』는 완전히 정반대라서 흥미로웠어요. 굳이 설명하지 않아도 알 것 같은. 헤어졌으니 슬프겠지,(웃음) 그런 거예요. 어떤 면에서는 상황들을 나열하듯 보여주면서도 중간중간 포인트가 있어서 인물의 심리를 파악하게 한달까, 그런 부분을 감각적으로 너무 잘 알고 있는 작가 같아서 놀라웠던 것 같아요.

다혜 무미건조해 보이지만 읽다 보면 절묘한 타이밍에 흥미진진하게 사건을 이끌어나가는, 결정적인 문장들이 있거든요. 그런 점이 참 재밌죠.

종산 맞아요. 이제 다시는 잭나이프를 꺼낼 일이 없을 것이다, 뭐 이런 식으로 포인트를 주는 거죠.

다혜 대충 얘기는 다 했을 거 같은데요.

종산 개인적으로 궁금한 점이 있는데요, 베르네임이 글을 쓰게 된 동기가 스탤론 영화였다고 하잖아요. 그렇다면 기자님에게 스탤론과 같은 존재는 무엇이었나요? 말하자면 글을 쓰게 된 계기나, 글을 쓰는 데 영향을 미친 사람이 있었나요?

다혜 특별하게 그런 계기가 있었던 건 아닌데, 제가 최

근에 글쓰기 관련 책을 내면서 비슷한 질문을 몇 번 받았어요. 좋아하는 작가는 정말 많아요. 작품 세계를 좋아하기도 하고요. 제가 좋아하는 예술가들은 기본적으로 먹고살려고, 또 사치도 부리고 싶어서 아등바등하며 살던 사람들이거든요. 발자크가 대표적인 인물이고, 도스토옙스키도 그렇고요. 이를테면 예술은 어디서 탄생하는가 하고 묻는다면, 저는 돈이 오가는 그런 현실적인 부분에 있다고 생각하는 쪽이고, 예술가들 가운데서도 쉬지 않고 일했던 사람들을 좋아해요. 물론 작품으로만 따져보면, 발자크와 플로베르 가운데 플로베르를 훨씬 좋아하지만요.

근데 플로베르는 정말 한 땀 한 땀 쓰는 스타일이잖아요. 지긋지긋할 정도로 보고 또 보고, 일주일에 기껏해야 몇 문장을 쓰고. 저는 그런 스타일은 전혀 아니고 약간 발자크 같은 인물인 것 같아요. 글이 돈으로 환산되는 가치에 민감하기 때문에 계속해서 쉬지 않고 작품 활동을 하는데, 평균적으

로 나쁘지 않은 작품일 뿐만 아니라 그 가운데 굉
장히 훌륭한 작품들이 있는, 그런 작가들을 좋아
해요.

종산 한 가지 더 궁금한 게 있는데, 좋아하는 배우가 영
화를 찍으면 챙겨보기도 하나요?

다혜 아니요. 아까 제가 『나의 마지막 히어로』 얘기하
면서 이건 완전히 덕질이라고 했잖아요. 근데 제
가 해본 적이 없는 게 덕질이에요. 저는 전작주의
로 읽은 작가도 한 명도 없어요. 소설도 전작주의
처럼 한 작가의 모든 작품을 읽지 않고 재밌으면
읽는 경우가 대부분이에요. 어떤 연예인의 팬이
되거나 팬덤에 있어본 적도 없어요. 어떤 영화에
나오는 배우의 모습이 좋다고 생각할 때는 있지
만, 누가 나온다고 해서 챙겨본 적도 없고요.

종산 팬덤 문화를 잘 아시니까 마치 연구자와 같은 입
장에서 보시는 거군요.(웃음)

다혜 일단은 친구 중에 그런 사람들이 많아요. 맨날 얘
길 듣거든요. 그런데 저는 우리 삶에서 왜 이런 식

의 덕질 같은 게 필요한지 늘 궁금했어요. 일단 저는 그것 없이도 충분히 잘살고 있기 때문에 그렇게 안 해도 살 수 있지 않을까 싶은 거죠. 특히 여자들에게 덕질이라는 게 왜 그렇게 중요한 건지 정말 미스터리해요.

종산 재밌는 현상이죠.

다혜 네, 너무 재밌는 현상이에요. 덕질에도 몇 가지 단계가 있잖아요. 대체로 처음 시작할 때는 그 시기에 제일 유명한 스타를 좋아하고요. 오래 덕질 한 사람들일수록 무명에서 시작하는 걸, 즉 키우는 걸 좋아해요. 또 하나는 저같이 덕질을 안 하는 사람은 평생 안 해요. 간혹 늦게 시작하시는 분도 계시긴 하지만요. 근데 한번 덕질을 시작한 사람은 계속 덕질을 해야 돼요. 예를 들면…….

종산 대상을 바꾸는 거죠?

다혜 네, 대상을 바꾸는 거예요. 그러니까 누구 덕질 할 만한 사람 없나, 계속 찾는 거죠. 어떻게 보면 주객이 전도된 거잖아요. 왜 그런 식의 에너지가 필요한 건가 하는 점이, 제게는 상당히 오래된 미스터리 중의 하나예요. 또 덕질이 왜 여자들에게서 유독 강하게 나타나는가도 그렇고.

종산   저는 사노 요코가 한국 드라마 덕후라는 게 너무 재밌는 거예요. 드라마 투어하려고 한국에 온다잖아요.

다혜   작가님은요?

종산   저도 기자님이랑 비슷한 거 같아요. 친구들은 덕질을 많이 하지만, 제게 내 인생의 배우, 내 인생의 스타는 별로 없었어요. 근데 『나의 마지막 히어로』를 보면서 공감할 수 있었던 게, 인생을 변화시키고 싶은 마음이 들 때마다 작품이 하나씩 나타났던 거 같아요. 예를 들면, 고등학교 때 글을 쓰고 싶었는데 그런 열망이 내면에만 있다가 에쿠니 가오리의 『반짝반짝 빛나는』을 봤어요. 한창 일본소설 붐이 일어났을 때였는데, 그때 처음으로 소설을 써보고 싶다는 생각을 했어요. 또 대학을 졸업할 즈음에 고민이 정말 많았거든요. 문창과

수업을 1년간 듣기도 했지만, 앞으로 글을 쓰면서 살겠다는 생각은 별로 없었어요. 그렇게 매너리즘에 빠져 있다가 황정은 작가의 『백의 그림자』를 봤는데, 책을 덮고 나서 글이 너무 쓰고 싶은 거예요. 그렇게 해서 쓰게 된 작품이 『코끼리는 안녕,』이었거든요. 첫 소설을 내고 나서 다른 스타일로 써보고 싶다는 생각을 했을 때는 어슐러 르 귄을 만났고요. 제게는 그런 작품들이 항상 몇 년마다 나타났던 것 같아요. 앞으로도 그러지 않을까 싶어요.

다혜 스타일이 정말 다른 작가들이기는 하네요. 그것도 딱 좋은 타이밍에.

종산 항상 나타났어요.(웃음)

나의 마지막 히어로

초판 1쇄 _ 2019년 1월 30일

지은이 / 엠마뉘엘 베르네임
옮긴이 / 이원희
펴낸이 / 박진숙
펴낸곳 / 작가정신
편집 / 김종숙 황민지
디자인 / 용석재
마케팅 / 김미숙
홍보 / 박중혁
디지털콘텐츠 / 김영란
재무 / 윤미경
인쇄 및 제본 / 한영문화사

주소 (10881) 경기도 파주시 문발로 314
대표전화 031-955-6230   팩스 031-944-2858
이메일 editor@jakka.co.kr   블로그 blog.naver.com/jakkapub
페이스북 facebook.com/jakkajungsin   인스타그램 instagram.com/jakkajungsin
출판 등록 제 406-2012-000021호

ISBN 979-11-6026-124-0 (03860)

이 도서의 국립중앙도서관 출판시도서목록(CIP)은 서지정보유통지원시스템 홈페이지(http://seoji.nl.go.kr)와
국가자료공동목록시스템(http://www.nl.go.kr/kolisnet)에서 이용하실 수 있습니다.
(CIP제어번호 : CIP2018042547)